Ouragan sur les Jeux

Jean-Pierre Rey

Ouragan sur les Jeux

Paris 2024

Roman

Éditions Glyphe

85, avenue Ledru-Rollin – 75012 Paris
www.editions-glyphe.com

ISBN 978-2-35285-146-2

À l'athlète inconnu,
mon semblable, mon frère.

[redacted]

[redacted]

[redacted]

[redacted]

« Coubertin, réveille-toi, ils sont devenus fous ! »
Marcorel, philosophe et poète

« Quand il n'y a que des vaincus,
l'Histoire est écrite par ceux qui l'écrivent. »
Auteur anonyme

Avertissement au lecteur

Ouragan sur les Jeux est un OLNI (Objet Littéraire Non Identifié).

Loin du reportage journalistique, le lecteur ne palpitera pas ici au commentaire des compétitions ni au récit, admiratif ou courroucé, de l'actualité.

Ce livre est d'abord une pochade, c'est-à-dire un texte vif et léger, de caractère burlesque. Sans autre prétention que celle de distraire.

Ce livre est aussi un guide pratique. Le passionné de l'olympisme aura besoin d'une main secourable qui l'accompagne sur une cinquantaine de sites, pour assister à des centaines d'épreuves dans un calendrier qui craque de toutes parts. Sans oublier, véritable parcours du combattant, une grille tarifaire que n'eut pas désavoué Ubu Roi.

Ce livre, enfin, est un roman prophétique. Alors qu'il gardait ses moutons à Domrémy, l'auteur a reçu la visite du messager du Très-Haut: «Avec les Jeux Olympiques, les dirigeants du beau pays de France ont péché par démesure et folie orgueilleuse; c'est le peuple qui sera puni, privé de son droit légitime à vibrer avec les athlètes.»

Mais, derrière la malédiction divine, malgré l'ouragan qui menace les Jeux, l'espérance ne faiblit pas. L'amour, toujours au rendez-vous, l'emportera-t-il sur l'« hubris » et la déraison des grandes personnes ?

On lapidait jadis sur le parvis du temple les prophètes annonciateurs de mauvaises nouvelles. L'auteur de *Ouragan sur les Jeux* n'en demande pas tant.

Jean-Pierre Rey

Première partie

Bienvenue chez les Phryges !

Avant le commencement

La raison semblait l'avoir emporté.

« Les Jeux, ça coûte cher, et les Jeux dispendieux, je crois que ce n'est plus du tout d'actualité. » Ainsi s'exprimait pour l'éternité, en 2014, en pleine campagne électorale, la candidate et future maire de Paris, Annie Dalgo. Peu après, fraîchement élue maire, elle déclarait à New York : « Nous sommes les uns et les autres dans des contraintes financières et budgétaires qui ne me permettent pas de dire si je porte, ou non, cette candidature. » La chanteuse Dalida aurait certainement entonné : « Paroles, paroles… », en élevant le ton sur le second couplet : « Tu es comme le vent qui fait chanter les violons. »

Le Français moyen que je suis, Pierre, était donc rassuré. Parisien historique, fonctionnaire de catégorie B, contribuable imposable à merci, père de famille attentif à la dette publique que notre génération laisserait à ses enfants, je respirais à l'idée que nous venions d'échapper, collectivement, à une catastrophe financière.

Le verdict tomba le 13 septembre 2017, venu d'on ne sait qui : « Paris décroche les JO 2024 », claironnent les médias, pour la troisième fois après 1900 et 1924. Pour le meilleur et surtout pour le pire. Ce soir, j'ai froid dans le dos. En rentrant chez moi, dans un métro « ératépiste » bondé, où « Homo sapiens » a retrouvé son état animal des origines, mes pensées voyagent au loin : JO à Paris, ou bien plutôt JO de Paris, tant la capitale apparaît ici comme un nom de marque, « un référentiel marketing », dirait mon fils. Y a-t-il une place, même infime, pour les Parisiens ou pour les sportifs de Paris dans cette couverture spatiale qui donne le tournis ? Tout ça pour qui, et, d'abord, pour quoi ?

Cinq ans plus tard, le premier président de la Cour des Comptes, homme de chiffres mais aussi d'esprit, présente son rapport devant les commissions spécialisées de l'Assemblée nationale et du Sénat. Je suis présent, sous l'estrade, attentif aux mots employés par l'orateur pour annoncer, enrober ou nuancer les chiffres. Le mot qui revient à maintes reprises, comme le leitmotiv dans un opéra wagnérien, c'est « acceptabilité ». Terme difficile à prononcer, que l'orateur ânonne en détachant les syllabes. Le mot « acceptabilité » figure seize fois dans le rapport de la Cour des comptes, comme si cette répétition *ad nauseam* conjurerait le mauvais sort.

De ma cache obscure, j'entends le juge des comptes mettre en garde les honorables parlementaires :

– Les Jeux, Mesdames et Messieurs les députés ou les sénateurs, doivent être acceptables par nos concitoyens et par vos électeurs, acceptables par les contribuables, acceptables par les Parisiens, acceptables par les automobilistes, acceptables par les honnêtes gens qui veulent vivre en paix, qu'ils soient travailleurs, retraités, vacanciers ou touristes.

Et le grand homme de poursuivre :

– Ce n'est pas gagné d'avance. Les jeux s'engagent avec, pour certains, des préjugés défavorables sinon hostiles, avec des comportements, chez d'autres, qui ont pu choquer, avec des handicaps qu'il nous faut lever. Nous avons moins de 18 mois pour nous préparer et être exemplaires.

Il aurait pu évoquer aussi les arrière-pensées des uns, les enjeux médiocres de beaucoup, l'impérialisme de l'image, le pouvoir abandonné aux communicants et, au bout de l'aventure, la catastrophe pour tout le monde. Il n'a pas évoqué (il ne faut pas mettre le feu au pays !) l'idée suggérée par tel économiste de créer un « impôt JO », qui frapperait particulièrement les retraités. Ce serait fâcheux pour l'acceptabilité de l'évènement planétaire qui se déroule devant ma porte.

Les Jeux Olympiques modernes ont une histoire déjà ancienne et glorieuse.

Que la fête planétaire commence !

La dispersion spatiale

Les Jeux de 2024 nous inviteront à la promenade.

Les petits marcheurs pourront se limiter à Paris, ou s'égayer un peu plus loin, en première couronne. La Ville lumière exposera ainsi ses sites emblématiques, comme la tour Eiffel (triathlon, marathon), les Invalides (tir à l'arc), les Champs-Élysées (cyclisme), le château de Versailles (équitation) ou encore le Grand Palais (escrime). Il faudra être présent, également, à la Concorde pour le skate-board, en deux formats, le *park* et le *street*. Les amateurs, armés d'un plan de la Ville, de ce guide pratique et de bonnes chaussures, essaieront de se rendre à Bercy (basket-ball et gymnastique), à la porte de La Chapelle (badminton), aux Invalides (judo), au Champ de Mars (judo et lutte). À l'ouest, au Parc des Princes (football) et, à quelques centaines de mètres de là, à Roland Garros (tennis et boxe). À Aréna Paris-sud, ce sera le volley-ball. L'athlétisme, l'épreuve reine des Jeux depuis l'antiquité, se déroulera au Stade de France. Tout comme le rugby à 7. Le stade nautique olympique, pour la natation, trouvera naturellement sa place aux abords du Stade de France. La création de cet équipement s'imposait particulièrement. Il n'existe en effet que seize piscines de format olympique (50 mètres de long et 25 mètres de large, avec au minimum 8 couloirs de nage) en Île-de-France : six à Paris intra-muros, deux dans le Val-de-Marne et huit dans les Yvelines (adresses disponibles sur simple demande). Les esprits grincheux ou distordus, qui savent que le coût de fonctionnement annuel d'une piscine olympique est proche du coût de l'investissement initial, s'interrogeront, bien vainement, sur la notion, dans notre société d'opulence, du bon usage de l'argent public.

Les plus courageux, peu nombreux, iront à Vaires-sur-Marne, dans la lointaine Seine-et-Marne, à pied, à cheval, mais certainement pas en voiture, pour admirer les épreuves élégantes d'aviron et de canoë-kayak. Comment oublier les épreuves homériques de VTT qui se dérouleront sur la colline d'Élancourt, quelque part dans les Yvelines ? La ville du Bourget, célèbre par ses montagnes escarpées et par ses falaises, a été choisie pour les épreuves d'escalade.

Le saut à l'élastique, finalement, n'a pas été retenu comme discipline olympique. La première proposition avancée, à l'arc de triomphe de l'Étoile, a suscité l'ire des associations de ravivage de la flamme du Soldat inconnu. Une deuxième proposition, au pont de l'Alma, a été également rejetée en raison des risques de noyade des sauteurs dans la Seine.

Si les trains ne sont pas en grève, il sera possible d'assister aux matchs de football au Parc des Princes, mais aussi aux stades de Lille, de Nice, de Bordeaux, de Marseille, de Lyon, et même de Saint-Étienne, à une portée de ballon de foot du stade lyonnais. Pour les basketteurs, ce sera le grand écart entre Lille, pour disputer les primaires, et Arena Bercy pour la finale. Les Parisiens ne vont tout de même pas laisser aux Chtis le plaisir de la finale. Zut, après tout ! Ciel, j'allais oublier la grande nouveauté de ces Jeux : le *breaking*. Pour l'instant, personne ne sait encore de quoi il s'agit, mais, avis aux curieux, les concours se dérouleront le 9 août à la Concorde.

Si la perspective de ces déplacements vous chagrine, vous resterez plutôt devant votre téléviseur.

Pour accueillir les athlètes, il faut bien un Village olympique : il sera construit à cheval sur Saint-Denis et l'Île Saint-Denis, les deux sites seront reliés par une passerelle géante. Pour la voile, le choix s'est porté sur Marseille, de préférence à La Rochelle ou Brest, au risque de la pétole ou des colères du mistral. Rendez-vous pour cela à la Marina du Roucas-Blanc. Pour les épreuves de surf, les villes de Lacanau, Hosségor et Biarritz étaient candidates. Paris aussi, avec un projet surréaliste de vague artificielle. Les organisateurs ont préféré la vague bien connue de Teahupo'o (qui se prononce comme cela s'écrit, ou s'écrie !), sur l'île de Tahiti, en Polynésie française. Les sportifs férus de géographie n'ignorent pas que Tahiti est à plus de 15 000 km de Paris et qu'on y accède aisément en avion depuis Londres, après un vol de 30 heures, avec une escale à Los Angeles.

Au grand dam du parti nationaliste local, la Corse n'accueillera aucune épreuve et ne sera donc pas à l'honneur, dans une affaire qui oppose les continentaux au reste du monde. La déception est cruelle également aux Antilles et en Guyane qui font douloureusement l'objet de l'ostracisme des technocrates métropolitains.

Sur le plan du bilan carbone, il n'est pas possible de faire pire. Il faudra naturellement transporter et loger sur place à la charge du budget des organisateurs quelques surfers, quelques dizaines d'encadrants et d'officiels et quelques centaines de gens des médias. Sur le plan financier, il n'est pas possible de faire plus mal. Teahupo'o restera à jamais, malgré les difficultés de prononciation, comme l'emblème de la folie du pouvoir. Les gilets jaunes commencent à fourbir leurs banderoles, à destination du président de la République et de la maire de Paris : « T'as pas eu de pot ! T'as pas eu de pot ! ».

Mon ami Chérif Feraoun, qui habite La Courneuve, fataliste, a le mot de la fin : « On s'en sort bien. Personne n'a songé à organiser l'épreuve d'escalade à Tahiti ni celle de surf au Bourget. »

Les mêmes Grecs, ceux qui ont inventé les Jeux Olympiques avaient un terme pour désigner la démesure, la déraison : le mot « hubris ».

Déjeuner en famille

FAMILLE TYPE de la classe moyenne, nous habitons depuis toujours dans le 18e arrondissement de Paris. Le repas dominical, entre le poulet-frites, le far aux pruneaux et le vin blanc mousseux du Languedoc est depuis des semaines le champ clos d'un conflit titanesque.

Jeanne, épouse, mère et ménagère exemplaire, ne comprend pas et ne cesse de pester.

– D'où sort tout cet argent ? Mais d'où sort tout cet argent ? Les Jeux Olympiques vont coûter 10 milliards. C'est l'hypothèse basse. Les prix des fruits et légumes sur le marché augmentent chaque semaine. Je jongle tous les jours avec le porte-monnaie pour regarnir le frigo. Les fromages et le lait sont inabordables. La baguette de pain a pris deux fois 10 centimes depuis la rentrée. Et je ne parle pas du prix du carburant ou de la facture d'électricité. Nous ne pourrons bientôt manger que des pommes de terre. Il va falloir renoncer aux vacances, et bientôt, si ça continue, à nous chauffer.

Notre fille Arlet, du haut de ses 18 ans et de son titre de championne du 5 000 mètres intervient alors :

– Les valeurs véhiculées par les JO sont un gage de paix pour l'humanité. S'il n'y a pas eu de conflits majeurs depuis 1945, nous le devons à l'idéal olympique et ça coûte moins cher qu'une mauvaise guerre.

Je m'intercale dans cet échange familial, fort de ma petite culture historique et de ma bonne mémoire. Mais aussi de mon statut de chef de famille, un peu à l'ancienne, garant de l'ordre et de la vérité.

– Il ne faut tout de même pas oublier les Jeux de Berlin en 1936, mis en scène par l'excellent organisateur qu'était Goebbels, et qui n'ont pas empêché le déclenchement des hostilités trois ans plus tard. J'observe aujourd'hui que ni la Russie, ni la Chine, ni la Corée du Nord, les pays les plus bellicistes de la planète, ne seront présents à Paris.

– C'est le fait de l'impérialisme américain, répond, goguenard, notre fils Edmond, étudiant à Sciences-Po, qui, pour avoir lu Montesquieu, Tocqueville et le général de Gaulle, est convaincu que les princes qui nous gouvernent, au ministère des Sports et à la mairie de Paris, sont toujours dans le vrai.

Je soupçonne mon fils bien aimé, malgré son sens affirmé de l'humour et de la dérision, de croire également à la relance par l'investissement improductif financé par la dette, ce credo de certains de nos idéologues.

Combien ça va coûter et qui va payer ? se désespère Jeanne.

– Mais enfin, la dette, maman, c'est nous et nos enfants, puis nos petits-enfants, qui payeront les intérêts, puis le remboursement un jour du capital. Tu n'as pas oublié les mots de l'Écriture : « Les parents ont mangé des raisins verts, et les dents des enfants en ont été gâtées. » (Ézéchiel, XVIII, 2).

– Un jour viendra, mon fils, où tu devras emprunter pour payer l'impôt sur le revenu.

Le mot de la fin me revient :

– Les Romains ont inventé « Du pain et des jeux », nous avons inventé « Des dettes et des jeux ». Mais tu as bien raison, Jeanne, qui fera cuire le pain ?

Le Comité International Olympique (CIO)

C'est à Lima, au Pérou, que la décision a été prise en 2017, à l'unanimité des membres du CIO, que quelques puristes appellent Comité international olympique. Rien de surprenant à cela, puisque Paris, à la suite d'un arrangement avec Los Angeles, était candidat unique pour 2024. Cette grande victoire diplomatique contre personne a été fêtée comme il convient. « Embrassons-nous, folle ville ». Les médias de tous bords ont célébré dans l'unanimité l'évènement historique, en oubliant que l'unanimisme chez les Gaulois n'est jamais de bon augure.

Le CIO a donc le pouvoir d'engager une bonne quinzaine de milliards d'euros, aux frais du contribuable français et des générations à venir. Il s'agit là d'une organisation non gouvernementale (ONG) dont le mode de recrutement en réseaux n'a auc un caractère démocratique et dont le fonctionnement apparaît, aux esprits grincheux, pour le moins opaque. Cette instance, qui ressemble à la vénérable Chambre des Lords britanniques, est composée d'une centaine de membres, recrutés par cooptation, parmi les sportifs de renom, et des notables de la société civile.

On compte dans ses rangs, à côté des roturiers bien de chez nous, comme Jean-Claude Killy (membre honoraire) et Guy Drut, le Prince Albert II de Monaco, la Princesse Nora de Liechtenstein, la Princesse Anne d'Angleterre, le cheik du Koweït Ahmad Al-Fahad Al-Sabah, le grand-duc de Luxembourg, l'émir du Qatar Tamim Bin Hamad Al-Thani, le Prince Feisal Al Hussein de Jordanie, le Prince Jigyel Ugyen Wangchuck du Bouthan, la Princesse Reema Bandar Al-Saud d'Arabie Saoudite, comme chacun sait. Parmi les 42 membres honoraires figurent le roi Willem Alexander des Pays-Bas, le Prince Tunku Imran de Malaisie et, pour faire bonne figure, le Prince héritier Frederik de Danemark.

Car il est écrit : « Le bien du peuple n'est pas dans le cri de la masse, mais dans la volonté du prince. » Bon sang ne saurait mentir, certes ; et que dire alors du sang bleu !

Les lecteurs du magazine *Coin de Rue – Mirages du Monde* retrouveront dans cette brochette ceux que la malédiction divine « tu gagneras ton pain à la sueur de ton front » a largement épargnés.

Seule manque tristement à l'appel Megane Market, duchesse de Seasex (and sun), médaille d'or de la libération de la femme. Son conseiller en communication ne doit pas connaître l'existence du CIO. Certains regretteront aussi l'absence sur cette liste de Tupou VI, roi du Tonga, appelé familièrement par ses sujets « Tupeuplus », qui a beaucoup donné pour le développement du sport sur ses îles. Le conseiller en communication du CIO ne doit pas connaître l'existence des îles Tonga.

Périclès, qui n'a pas inventé les Jeux Olympiques mais la démocratie athénienne, doit se retourner dans sa tombe.

Les honorables membres du CIO sont naturellement d'une intégrité absolue, au-dessus de tous soupçons, même si la réputation de l'institution a pu souffrir naguère. Les versements de pots-de-vin, la corruption de certains, tout cela ne relève que de rumeurs inspirées par des esprits malveillants, animés par la volonté de nuire et de faire du buzz. À l'occasion des Jeux d'hiver de Salt Lake City, en 2002, alors que 10 millions de dollars avaient été distribués, le quotidien genevois *Le Temps* affirmait que 80 % des membres du CIO auraient dû être exclus. Mais les Suisses, c'est bien connu, ont l'esprit un peu étriqué. Le journal *Le Monde* daté du 23 janvier 2001, vraisemblablement mal informé, intitulait un article « CIO, l'épreuve de la corruption », et s'aventurait à décerner la médaille d'or de la corruption à Monsieur Jean-Claude G, « soupçonné de trois actes délictueux ». D'autres accidents ont émaillé les Jeux suivants, tant et si bien que l'institution a dû expliciter à l'intention de ses membres les nuances subtiles entre tentative de corruption (c'est-à-dire un cadeau) et marque de sympathie (c'est-à-dire un cadeau).

Le Comité d'Organisation des Jeux Olympiques (COJO)

Le comité d'organisation des Jeux Olympiques (Cojo) de Paris 2024 a pris la succession du comité de candidature aux Jeux. Il s'agit d'une association de droit privé. Mais l'État se porte garant de ses engagements financiers et de ses dettes. Nous sommes au Club Méditerranée, avec la magie de l'Open Bar. L'implantation du comité à Aubervilliers ou à Saint-Ouen, au cœur de la Seine Saint-Denis, illustre la volonté de l'État de valoriser cette terre du nord de Paris d'où nous viendra le renouveau.

À la tête du Cojo (ou du Cojop, « p » comme Paris), deux athlètes de grand talent, Rony Autaquet, président, et Steve Trobois, directeur général. Les deux dirigeants se sont illustrés de très belle manière dans des disciplines peu médiatisées, le canoë et le badminton ; tout le monde ne peut pas pratiquer le football.

Le Cojo peut s'appuyer sur un conseil d'administration solide de 15 membres, dans lequel siègent plusieurs ministres ou anciens ministres, quatre athlètes pour la couleur locale, sans oublier les deux révélations de la dernière élection présidentielle, malheureuses victimes du suffrage universel : Valérie Précaire et Annie Dalgo. Il peut s'appuyer aussi sur une commission d'athlètes de 18 membres menée par le roi du biathlon, Martin Foucade.

Le comité est responsable de l'organisation, de la planification, du financement et du déroulement des Jeux olympiques et paralympiques. Vaste programme en effet que d'assurer l'accueil d'une dizaine de milliers d'athlètes dans des structures sportives de qualité ainsi qu'au Village olympique.

Vaste programme encore, digne du Jupiter élyséen, que de faire des propositions sur le développement de la pratique sportive en France, le sport santé, l'insertion, et plus globalement sur les solutions qui permettront, en 2024, d'impliquer plus largement la population française à l'évènement planétaire. Pour charger un peu la barque – qui n'en avait pas besoin -, les dignitaires de l'olympisme ont « ouvert grand les Jeux », selon la formule miraculeuse. Pour les personnes handicapées, c'est chose faite avec le paralympisme. On y ajoute donc, noble ambition s'il en est, l'inclusion des migrants, des bénéficiaires ou des déboutés du droit d'asile, les titulaires d'un OQTF (Obligation de quitter la France), la réinsertion des détenus et les vendangeurs du Bordelais.

Vaste programme enfin que de satisfaire les caprices des gens des médias, qui, et ils seront des centaines, en veulent toujours plus.

Le Cojo a les moyens de ses ambitions, puisque flanqué de 28 directeurs : directeur de cabinet, directeurs exécutifs, directeurs délégués, directeurs associés ou simples directeurs de base. L'armée mexicaine n'avait pas osé aller aussi loin. Que l'on se rassure, ces directeurs ont été choisis, affirme le Cojo sur son site, «parce que ce sont des femmes et des hommes qui rendent les choses possibles»; c'est, infiniment recommencée, la magie du verbe et de l'incantation: «Jouez hautbois, résonnez musettes»!

Dix-huit mois avant l'ouverture des Jeux, le Cojo pouvait se flatter d'une belle avancée: l'élaboration du calendrier. Le défi était immense en raison de la multiplicité des épreuves et de la volonté d'alterner les genres: épreuves d'hommes et épreuves de femmes.

Réservez dès à présent, s'il vous plaît, votre week-end des 3 et 4 août. Faites provision de pizzas et de bière, car il faudra tenir bon, les journées seront longues. Pour éviter les conflits familiaux, achetez ou louez plusieurs téléviseurs. Pendant ces deux jours, des médailles seront attribuées en tennis, tennis de table, judo, escrime, athlétisme, tir à l'arc, tir, cyclisme, golf, sports équestres, aviron, gymnastique artistique, badminton et natation. Netflix n'a qu'à bien se tenir!

Pour les annonceurs publicitaires, le choix sera cornélien. Délicate attention de la part du Cojo, à destination de nos compatriotes métropolitains, afin de ne pas amputer la journée de travail ou l'après-midi sur la plage: toutes les finales d'athlétisme auront lieu le soir à partir de 19 heures et celles de natation à partir de 20 h 30. C'est le «prime time» pour les annonceurs, qui sont aussi partenaires sonnants et trébuchants des Jeux: Airbnb vous logera, Sanofi vous soignera, Decathlon et le Coq Sportif vous équiperont, Danone vous nourrira, la Française des Jeux vous donnera à rêver et EDF vous enverra sa facture d'électricité.

Cela ne marche évidemment que pour le fuseau horaire de Paris. Ami surfeur, vous qui pensez à Teapumachin, ne désespérez pas. Tout s'arrange pour Tahiti, aux antipodes, favorablement situé à 12 fuseaux horaires de Livry-Gargan : les épreuves se dérouleront le 30 juillet, quand la vague déferle, à 7 heures du matin, c'est-à-dire à… 19 heures du « cluster » des médias du Bourget.

Bravo, vous avez tout compris !

Tout irait sereinement dans le monde de l'olympisme si ne se posait pas la question dite des « conventions ». Les salariés du Cojo, « ces femmes et ces hommes qui rendent les choses possibles », n'ont pas pour fonction de gérer en première ligne une cinquantaine de sites et plusieurs centaines de sessions. Accueillir les athlètes, les personnalités et le public, gérer la billetterie, assurer les relations avec les autorités locales et la police, nettoyer les douches et les WC, ces tâches, plus ou moins ancillaires, ne peuvent pas être ignorées. Il y aura donc, selon le jargon, externalisation à destination d'opérateurs privés.

En France, sauf exception, les organisateurs de festivals font appel aux bénévoles d'associations subventionnées par les Communes. Ces gentils amateurs sont gratifiés d'une tape sur l'épaule et d'un verre de soda. Les entreprises du secteur dit de l'« évènementiel » interviennent à la marge. Ainsi en est-il, au Festival des chants de marins à Paimpol, où ma fille s'active pendant les vacances scolaires. Arlet, qui n'a aucune indulgence pour son père, se manifeste vivement : « Papa, c'est faux, à Paimpol c'est du cidre, pas du soda, qu'ils servent aux bénévoles. »

Il existe aux États-Unis des sociétés très puissantes, présentes à la fois dans le marketing sportif, le déroulement de la carrière des athlètes et l'organisation des évènements. Le Cojo a prévu 113 millions d'euros pour financer ces prestations. Pour telle compétition par exemple, tel jour, en tel endroit, une convention a été signée avec une entreprise spécialisée dans l'évènementiel français. Laquelle en est réduite, faute de savoir-faire, à sous-traiter la prestation à un géant américain de la gestion des manifestations sportives, la société « Sporting Incorporated », filiale du groupe Macquisait, bien connu sous notre latitude. Le juriste du Cojo objectera à juste titre que la sous-traitance est autorisée par le Code de la commande publique. Le risque, et il n'est pas théorique, c'est que, au bout de la chaîne des sous-traitances successives des sous-traitances sous-traitées, la qualité ne soit pas au rendez-vous.

Un autre risque a été pointé par l'inspection du travail, y compris pour les travaux de la Solideo. C'est que, au final, sur le chantier, le travail soit exécuté par des « salariés » de statut « précaire », au mépris du Code du travail. Les mêmes migrants qui logent sous des tentes bleues place de la République.

Mon vieil ami Albert, impitoyable censeur de nos mœurs, explose dans une conférence, au dîner des anciens de la colonie de vacances des Flots bleus, à Saint-Cast : « Si vous respectez, en France, le Code du travail, le Code de l'urbanisme, le Code des marchés publics, le Code des finances publiques et, in fine, le Code pénal, il est juridiquement impossible d'organiser des Jeux Olympiques. Vous ne pourrez pas respecter les délais ni les budgets. Ces Jeux ont été conçus par et pour des Anglo-Saxons. Pas pour des Latins englués dans leur culture juridique ».

– Sauf, rétorque mon frère Marcorel, qui fait partie de la même confrérie des anciens garnements de Saint-Cast, sauf à faire adopter au Parlement un Code olympique spécial, qui abroge les autres codes. Et il ajoute, sous les vivats féminins : « Rassurez-vous, Mesdames qui êtes ici présentes, nous n'abrogerons pas le Code civil ni l'institution du mariage pendant la durée des Jeux. Quoique... »

Albert est le modérateur du groupe Facebook « Les militants de la bonne cause ». C'est même son activité principale. Avec ses 30000 « followers », il a des antennes partout :

– On me rapporte, mon cher Pierre, qu'au dernier conseil du Cojo, Alphonse Alouest, le représentant de la Ville, a proposé que les épreuves d'escalade se déroulent sur les tours de Notre-Dame. Ce serait un bel hommage, a-t-il expliqué, au grand libérateur Victor Hugo qui a chassé Napoléon III du pouvoir. Bel hommage aussi à Esmeralda et à sa chèvre, Djali, en cette triste année qui a vu la disparition de la sublime Gina Lolobrigida.

– Et ensuite, que s'est-il passé ?

– Le service de prévention des Pompiers s'y est opposé en raison du risque de court-circuit.

Le songe d'Annie Dalgo

Un autre grand succès à porter au crédit du Cojo, le choix de la mascotte, du mot *mascotto*, qui signifie dans la langue de Frédéric Mistral soit « bonne fée », soit « sorcière. »

Ce n'est pas l'esthétique, toujours discutable, de la peluche qui fait question, mais plutôt sa symbolique, à savoir la référence au bonnet phrygien des révolutionnaires de 1789. Voilà un nouveau sujet de débat, lors du déjeuner dominical, avec mon fils Edmond.

– Papa, il fallait bien que les organisateurs des Jeux lâchent un os à ronger aux gilets jaunes renaissants sous la cendre et aux insoumis, cette France périphérique, provinciale, qui est toujours hors Jeux.

– Dans l'ambiance prérévolutionnaire qui est la nôtre, faut-il en rajouter une couche ?

Arlet tient à apporter son grain de sel et s'intercale dans le débat, en me regardant fixement.

– Papa, tu aurais préféré les clichés grotesques de la baguette de pain, pour la partie du peuple qui a faim, ou le béret basque ?

Il me faut bien répondre :

– Les communicants qui essaient de nous manipuler ont encore frappé avec des formules aussi vides que définitives : « Le sport peut tout changer », « Faisons la révolution par le sport ».

Les Phryges, qui ne seront certainement pas de bonnes fées et ne seront pas brûlées comme sorcières, ont tiré parti des polémiques nées de la fabrication en Chine des masques anti-covid. La France ne refera pas les mêmes erreurs, nous promet la ministre des Sports. Le rembourrage, l'assemblage et la couture seront réalisés en Bretagne. Le reste proviendra de Chine qui partage les mêmes valeurs de liberté et d'humanisme que les Phryges.

– Rembourrage et assemblage sont en effet les deux mamelles de la Bretagne, glisse Jeanne, qui connaît sa Bretagne.

Tant pis pour le bilan carbone ; c'est le prix à payer, camarade, pour assurer « la victoire de la révolution par le sport, le badminton, le breaking et le skate-board. »

Cette nuit-là, alors que tout dort à l'Hôtel de Ville, une Phryge apparaît en songe à Annie Dalgo : « Annie, ma sœur Annie, ouvre donc grand les Jeux ! » La maire, qui a le sommeil léger depuis son succès à la dernière élection présidentielle, se retourne dans son lit. La voix venue d'outre-tombe reprend : « Plus vite, plus haut, plus fort et tout sera sauvé. » Et la Phryge, messagère des dieux de l'Olympe, se retire, non sans saluer la déesse de l'olympisme contemporain.

Au petit matin, chacun s'échine à interpréter les paroles du mystérieux visiteur ; qu'est-ce donc qui sera « sauvé » ? La mandature de la maire, déjà bien cabossée (la mandature, pas la maire !) ou les Jeux, bien mal engagés. Le cabinet s'empresse de réquisitionner quelques exégètes, aidés par deux ou trois théologiens familiers des apparitions de Lourdes.

Le verdict tombe enfin après moult analyses. Il s'agit tout simplement de sauver le contrat chinois des mascottes Phryges. À la suite d'une erreur de traduction, pour tester le produit sur le marché saturé des peluches pour adultes, dix millions de mascottes ont été commandées auprès d'une usine de Wuhan. Les premiers cargos commencent à débarquer les mascottes rutilantes, et l'importateur, faute de règlement, menace de les déverser sur le parvis de l'Hôtel de Ville de Paris. Comme de vulgaires artichauts bretons devant la préfecture de Rennes.

Chez les Feraoun

LOIN DES ALLÉGATIONS désobligeantes et largement exagérées qui visent les pontes du CIO, la vie s'écoule paisiblement dans cette «cité» de La Courneuve. La famille Feraoun habite un trois-pièces depuis une trentaine d'années, quand le regroupement familial a permis à Malika de rejoindre son mari Cherif, artisan taxi. La famille est attachée aux valeurs de sa Kabylie d'origine. Les Berbères, derrière leur montagne du Djurdjura, ont résisté vaillamment à toutes les invasions romaines, déjà, arabes et françaises. Les Feraoun sont des montagnards aux valeurs solides de liberté et de solidarité.

C'est ce que chante Lifa, à ses frères d'ici ou du bled: «Dis-moi, nous exilés, où avons-nous pris racine? Nous sommes les déracinés de la montagne, ô oiseau dis leur bien que, même si nous sommes loin par le corps, nous sommes près par le cœur.» Car Lifa, 22 ans, est une chanteuse populaire, la «Mireille Mathieu de Tizi Ouzou», selon son agent, homme de marketing avisé. C'est elle qui entonnera La Marseillaise lors de la cérémonie d'ouverture des Jeux, le 26 juillet 2024. Le choix a été fait par le conseiller Sport de l'Élysée en personne, et validé, bien sûr, par

Emmanuel Patron. Dans nos institutions, c'est le président de la République qui a en charge l'essentiel.

Son frère Hamid, plus jeune de deux ans, est un étudiant brillant. Il termine une licence de mathématiques à Jussieu. Assidu à l'Athlétic Club de Bobigny depuis l'âge de 12 ans, en section Judo, Hamid a gravi tous les échelons, endossé les ceintures de toutes les couleurs. Aux derniers championnats de France Hamid a décroché la médaille d'argent des moins de 90 kilos et il peut espérer intégrer demain l'équipe de France des Jeux. Il sera ensuite professeur d'éducation physique et sportive dans un établissement scolaire, ou mieux encore, entraîneur dans un club prestigieux.

Le dîner du dimanche soir réunit traditionnellement la famille Feraoun, autour d'un couscous royal, avant d'affronter la semaine. Ce soir, après les congratulations d'usage, c'est Malika qui engage la discussion, avec toute la pudeur qui convient lorsqu'on parle d'argent devant ses enfants.

– Je viens de recevoir la facture d'électricité et les charges. Je n'ai jamais vu ça depuis que je vis en France. Les prix augmentent tous les jours.

Malika, comme Jeanne dans le 18e arrondissement, comme toutes les mères de famille, porte sur ses épaules l'avenir, d'abord alimentaire, de la famille. Lifa et Hamid restent muets, soutenus par la grande espérance des Jeux Olympiques, l'an prochain. Chérif, comme toujours, replace son métier au centre de la conversation.

– Je sais, mes enfants, que vous espérez beaucoup des Jeux. Mais les clients que je charge à la Gare de Lyon ne sont pas très enthousiastes. C'est le moins que je puisse dire. Une moitié s'interroge avec inquiétude sur le montant de la facture et sur celui qui la payera, l'autre moitié redoute le désordre que ça va entraîner dans Paris et sa banlieue pendant des mois.

Lifa vient s'accrocher au cou de son père, en l'embrassant.

– Papa, les pessimistes ont toujours eu tort…

La SOLIDEO

La société de livraison des ouvrages olympiques (Solideo) réalise les aménagements et les ouvrages nécessaires au bon déroulement des Jeux. Il ne s'agit pas d'une société, comme son nom pourrait abusivement le laisser penser, mais d'un établissement public à caractère industriel et commercial, créé par la loi du 28 février 2017.

La présidente de la « société », Annie Dalgo comme il se doit, est flanquée (cernée diront les esprits caustiques) d'un conseil d'administration de 38 membres, dont 31 représentants de l'État, des collectivités locales et de leurs établissements publics. Rarement l'irresponsabilité collective n'a été aussi bien organisée, le contrôle aussi diffus, le système de prise de décision aussi évanescent. C'est le Comité d'organisation des Jeux olympiques (Cojo) de Paris qui fixe la liste, la programmation et le descriptif des ouvrages, des équipements et des opérations d'aménagement nécessaires à l'organisation des Jeux. La Solideo exécute.

Je soupçonne Edmond de cette trouvaille. Les enfants affublent mon petit groupe d'amis du titre de *shadow-committee*, le comité fantôme, et je ne suis pas sûr que l'appellation soit flatteuse, alors même que la Cour des comptes dénonce la « comitologie » foisonnante.

Allons-y pour la réunion du *shadow-committee* au Café du commerce.

Albert résume ce qu'il a cru comprendre de l'architecture générale du système olympique :

– Au Cojo, on trouve les sportifs, les nerveux, les exigeants, les irréalistes peut-être aussi. À la Solideo œuvrent les juristes, spécialistes des marchés publics, les contrôleurs de gestion, les architectes et les urbanistes, familiers des plannings, rompus à composer avec la réalité du terrain et avec les contraintes des entreprises de travaux.

Chérif se passionne pour notre culture administrative et ses arcanes :

– Et puis, entre les deux structures, il y a l'argent, les budgets, les financements et les financiers, qui font toujours grise mine.

Marcorel, le philosophe et moraliste :

– Je trouve cette construction assez étrange. Plusieurs administrateurs, et non des moindres, siègent aux conseils des deux structures. Comme si leur main droite pouvait ignorer ce que fait leur main gauche.

C'est ma marque de fabrique, je ne suis pas dans le commentaire, je suis dans le questionnement :

– Si j'en crois les textes, la « livraison » des Jeux recouvre l'ensemble des opérations d'organisation des manifestations sportives et de gestion des sites olympiques. Et cette « livraison » est de la responsabilité de la Solideo et non du Cojo. Mais le Cojo a la responsabilité de la mise à disposition des sites…

– Tu es dans l'erreur, Pierre, m'interrompt Albert, le Cojo possède une direction des Services aux Jeux, en charge, entre autres de la sécurité, des arrivées et départs des athlètes et du public, de la restauration, de la logistique, du nettoyage, etc.

Je ne me laisse pas déstabiliser :

– Si tu veux, Albert, mais dans la dernière mouture budgétaire de la Solideo, les Services aux Jeux s'inscrivent à la bagatelle de 705,8 millions d'euros, dont, par exemple, 76 millions d'euros pour la logistique et 68 millions d'euros pour la restauration. Ou encore 25 millions d'euros seulement pour les services médicaux.

Chérif, pratique :

– J'espère qu'on ne va pas payer deux fois les mêmes factures.

Marcorel intervient pour tenter de nous réconcilier :

– Effectivement entre le Cojo et la Solideo, une chatte n'y reconnaîtrait pas ses petits. J'espère qu'aux JO de Paris Dieu reconnaîtra les siens. Je comprends que la Cour des comptes réclame à cor et à cri une clarification des compétences et davantage de coordination entre les acteurs.

Soixante-deux ouvrages olympiques pérennes doivent être réalisés par 29 maîtres d'ouvrage différents. Ces constructions concernent les sites des compétitions, mais également quelques sites d'entraînement. Au sommet du château de cartes se détache dans toute sa splendeur le Village olympique, projet emblématique de l'harmonie et de la paix entre jeunes de toutes les nations, construit sur un terrain de 51 hectares, du côté de l'Île Saint-Denis. L'objectif est d'héberger ici quelque 15 615 membres des délégations et accompagnants. Le Village olympique, c'est la Tour de Babel, si elle avait fonctionné, le péché d'orgueil absolu.

Accessoirement, si l'on peut dire, la Solideo doit réaliser le « cluster des médias » (sic) et aménager les abords du Stade de France. Le « cluster » (c'est-à-dire, pour ceux qui parlent français, le pôle, le rassemblement) des médias est localisé dans le triangle Le Bourget, Dugny, La Courneuve. Il est destiné à héberger 2.800 techniciens pendant la durée des Jeux, mais aussi, curieusement, à accueillir le stand de tir (il sera ainsi plus facile de tirer à vue sur la presse, juste revanche) et le mur d'escalade (la vérité journalistique n'est-elle pas une montagne à gravir ?). Le centre principal des médias sera installé à proximité, au Parc des expositions du Bourget.

Tout cela, bonnes gens, ne peut se faire sans quelques entorses à nos traditions juridiques les mieux ancrées. La France a été priée par on ne sait qui – mise en demeure pour être plus précis – d'adapter son arsenal juridique aux circonstances. La loi votée pour cela le 26 mars 2018 s'applique aux équipements en construction ou en rénovation utilisés pour les JO, les trois-quarts d'entre eux se trouvant en Seine-Saint-Denis. Un cadre très supérieur de la Solideo a lâché cette phrase admirable qui devrait être gravée sur les frontons de l'Assemblée nationale et du Sénat : « Ce n'est pas une loi d'exception, c'est une loi olympique. » Ce cadre a ainsi décroché la première médaille d'or attribuée aux JO de Paris, celle de la langue de bois.

Pour ces pauvres chéris, nos procédures des marchés publics qui s'imposent tous les jours aux élus et aux fonctionnaires, sous peine de poursuites pénales et au risque de se retrouver en prison ne sont pas adaptées. La nouvelle loi – exceptionnelle sinon d'exception – allège *(sic)* et sécurise *(resic)* des procédures d'urbanisme jugées souvent très longues. Et que l'on amnistie, pour célébrer les Jeux, tous les élus et fonctionnaires condamnés sous l'empire de lois des temps pré-olympiques !

Après une « Justice olympique », il est permis de rêver à une « Santé olympique », à une « Éducation nationale olympique » et à une gestion de la propreté à Paris qui soit enfin olympique.

Il faut revenir aux Jeux et à la Solideo, car le compte à rebours a commencé et le temps presse. Parmi les mesures d'urbanisme « dérogatoires », l'Histoire retiendra le « procédé d'expropriation d'extrême urgence » ou le recours aux consultations publiques par voie électronique, ce qui permet « des consultations en ligne faites, a minima, avec peu de temps pour étudier les dossiers ». Le mot *urgence* n'est pas motivé ici par la survenance d'un évènement imprévisible et soudain, qui appellerait une réponse immédiate sous peine de graves préjudices, mais par l'incurie et la négligence des acteurs. Cette loi en forme de feuille de vigne n'empêche pas les contentieux lourds, comme la suspension pendant des mois des travaux de la piscine d'Aubervilliers ou la perte de quatre mois sur le chantier du Village des médias.

Le parlement doit-il dès à présent adopter un Code pénal sur mesure, non pas « d'exception » grand Dieu, mais « olympique », qui absoudra tous les crimes et délits commis pendant la période des Jeux ?

Dans Solideo, on peut lire à la fois, par transparence, solide et solidaire, mais tout de même…

Comme toute institution humaine, la Solideo n'est pas à l'abri de vilaines critiques. *Médiapart* observe en avril 2021 que « les valeurs d'inclusion, d'ouverture aux autres et de tolérance fortement revendiquées par l'idéal olympique » (sic) n'ont pas empêché la suspension de trois salariés, des cadres, pour quelques billevesées : insultes anti-roms, préjugés sur les habitants de Seine-Saint-Denis, comportements sexistes… *Médiapart* note que des alertes remontées jusqu'au cabinet d'Annie Dalgo n'avaient pas suscité un grand émoi, les communicants de l'Hôtel de Ville étant alors occupés à vanter les mérites de la gestion dalguienne.

De nouvelles alertes se font jour. Les sous-traitants des sous-traitants, eux-mêmes sous-traitants, feraient travailler, au bout de la chaîne de la sous-traitance, sans s'encombrer des prescriptions du Code du travail, des migrants sans papiers. Mais ce ne sont là que broutilles, ragots de journalistes malveillants en panne d'informations.

Ces incidents n'empêchent pas les chantiers d'avancer et... de prendre du retard.

Aussi le spectre, calamiteux sur le plan juridique et financier, de la construction du Stade de France, pour le Mondial de 1998 se profile-t-il à l'horizon. En ces temps anciens – Édouard Balladur était Premier ministre –, il fallait livrer d'urgence le Stade de France. Et trouver ensuite un modèle économique d'exploitation avec le consortium Bouygues-Vinci. Après plus de vingt ans de déficits couverts par l'État, les exploitants du Stade cherchent encore une martingale qui ne soit pas perdant-perdant. Les interminables procédures devant les tribunaux sont de nature à défriser les esprits les moins clairvoyants.

Ce matin de février 2023, après la publication d'un rapport de la Cour des comptes évoquant les risques de retards sur les chantiers, le cabinet de l'Élysée prend l'initiative de réunir discrètement les dirigeants de Solideo, du Cojo, de l'Hôtel de Ville et du ministère de l'Intérieur. Le président de la République n'assiste pas à la réunion, mais chacun sent qu'il a inspiré toutes les questions et qu'il a formulé lui-même toutes les réponses, comme s'il était caché dans la salle, derrière le rideau. Ses réponses valent feuilles de route et instructions.

« Nous devons savoir aujourd'hui quels seront les arbitrages, s'il y a retard et urgence, en termes d'ouvrages, d'aménagements de travaux. » Ainsi interroge l'Élysée.

Rony Autaquet prend la parole :

– La priorité c'est le « cluster » des médias et le centre de presse. Des journalistes bien installés, cajolés et heureux nous feront de bons papiers et de belles émissions. Le peuple a besoin de belles images. Ensuite, le Village olympique à Saint-Denis ; des sportifs choyés, bien logés et bien nourris seront moins exigeants vis-à-vis des équipements et de l'organisation générale, qui peuvent toujours souffrir de quelques lacunes. La perfection n'est pas de ce monde.

– Les médias avant les athlètes, c'est bien vu. Et les équipements sportifs ? reprend l'Élysée :

– Que nos collègues de l'Élysée se rassurent (vive agitation derrière le rideau...), les constructions *ex nihilo* qui supposent une mobilisation forte de moyens sont peu nombreuses. Elles sont surtout localisées en Seine Saint-Denis : le Village des athlètes, le « cluster » des médias, la piscine olympique, l'Aréna de la Porte de La Chapelle. Hors de Seine Saint-Denis, la Marina de Marseille. Pour le reste il s'agit d'améliorations, de rénovations, d'extensions, opérations nombreuses, certes, mais moins lourdes pour nos équipes et pour les entreprises de travaux.

Le représentant de la place Beauvau est invité à s'exprimer.

– On dirait que nous sommes aux Jeux Olympiques de Seine-Saint-Denis... euh, excusez-moi. Le ministre de l'Intérieur a demandé aux préfets des départements concernés d'encourager les élus locaux à prendre en charge la mise aux normes ou les réalisations nécessaires. Et ils fermeront les yeux, si cela devait se produire, sur les acrobaties budgétaires ou juridiques des collectivités territoriales.

« Ouvrons grands les Jeux, mais fermons grands les yeux ! », telle pourrait être la devise de l'évènement planétaire. Le représentant de l'Intérieur a repris son souffle :

– Pour le département de Seine Saint-Denis, ce sera difficile compte tenu de son exposition aux Jeux et de sa situation budgétaire et financière fort dégradée.

L'Élysée est bienveillant pour le 93.

– Bon, Bercy prendra les dispositions nécessaires pour accompagner le département dans ce moment difficile.

Le représentant de la place Vendôme est appelé à s'exprimer.

– Le ministère de la Justice prépare un projet de loi lessiveuse, qui validera a posteriori tous les errements éventuels des élus et des fonctionnaires dans le cadre des Jeux. Ou une loi d'amnistie pour mettre à l'abri ceux ou celles qui seraient passés entre les mailles de la loi de 2018. Il ne restera plus qu'à trouver une majorité au Parlement pour voter ce texte. Sans recourir, si possible, au calamiteux article 49.3 de la Constitution.
Le conseiller de l'Élysée en charge des Sports et des JO peut lever la séance, d'un ton rassurant :

– Pour l'instant tout va bien !

Comme disait l'autre, en tombant du sommet du gratte-ciel, et passant en chute libre devant le second étage.

Soudain, alors que chacun commence à ramasser ses notes et son stylo, c'est le drame, l'accident. Le rideau se déchire et le Président apparaît dans toute sa lumière. On lui ménage une place d'honneur à la table de réunion.

– Pardonnez-moi pour cet incident technique. Mais quels sont les travaux prévus à Titipoucaca ?

Rony Autaquet est venu à la réunion avec matière à répondre :

– Après étude, Monsieur le Président, il est apparu que la solution pertinente consisterait à louer en Floride un paquebot de croisière de 2000 places et à le transférer, via le Canal de Panama à Tahiti. En juillet et août, c'est la saison des typhons et les armateurs nous ont accordé de fortes ristournes.

– J'espère qu'il ne coulera pas dans le Canal de Panama. Ce serait fâcheux vis-à-vis des écolos et mes détracteurs s'en donneraient à cœur joie.

C'est alors qu'intervient Alphonse Alouest, conseiller de Paris et représentant à ce titre la Ville au conseil d'administration de Solideo.

– Monsieur le Président, nous avons aussi envisagé de louer cinq paquebots de croisière qui seraient positionnés au Havre afin d'accueillir les 10000 athlètes attendus pendant la durée des Jeux. Ce serait au final moins onéreux et plus simple à gérer que le Village olympique de Saint-Denis. Pour les transports et les déplacements, il suffirait de fermer l'Autoroute de l'Ouest à la circulation pendant deux mois et de réserver son usage aux navettes des athlètes.

Le visage du président se creuse, le sourire devient sarcastique.

– Vous en avez d'autres du même tonneau ?

Alphonse Alouest reprend, sur le même registre pédagogique :

– Bien sûr, Monsieur le Président. Nous avons beaucoup réfléchi. Il est possible de faire la même chose, mais avec un seul navire de 2000 places, à La Rochelle, pour le « cluster » des médias. Nous contribuerons ainsi à revitaliser l'ouest de notre pays, injustement négligé dans l'attribution des sites. Nous avons aussi envisagé un pont aérien entre La Rochelle et Paris.

Emmanuel Patron baisse profondément la tête, gestuelle qui lui est familière quand il est agacé. Le sourire aimable se transforme en rictus déplaisant, en colère maîtrisée.

– J'ai compris, merci, nous pouvons aussi organiser l'épreuve du marathon sur le porte-avions Charles de Gaulle, entre les coursives. La séance est levée.

Mon ami Albert

JE DÉJEUNE DE TEMPS À AUTRE avec mon ami Albert dans une pizzeria du quartier. Notre amitié a plus de cinquante ans, quand nous fréquentions, redoutables garnements, sur les plages bretonnes, les colonies de vacances de la ville de Paris. Albert a réussi sa vie professionnelle. Après l'ENA il a fait le choix de l'administration municipale, aux côtés de Jacques Chirac, de Jean Tibéri et de Bertrand Delanoë. Avec treize livres à son actif, publiés chez les meilleurs éditeurs, Albert se présente comme un lexicographe qui fait autorité, garant du bon usage du français et valeureux combattant du franglais.

Ce jour-là, j'ai du mal à le maîtriser. L'échange se déroule entre lui et moi :

– Quand j'ai quitté la Ville de Paris pour rejoindre Bercy, il y a dix ans, l'administration communale comptait 42 000 fonctionnaires ; il y en a aujourd'hui 53 000.

– Ce qui montre, mon cher Albert, qu'il a fallu recruter 11 000 fonctionnaires pour te remplacer et faire le travail que tu faisais.

– Ça montre surtout que la productivité des agents de Paris a chuté de 25 % en dix ans.

– Tu observeras que ce recul correspond à la progression sur la même période de la fiscalité locale.

– Et l'explosion de la dette de la ville, qu'en penses-tu ?

– C'est le coût de la destruction systématique de notre capitale. Il a fallu deux mille ans d'efforts douloureux et d'investissements, à tout un pays, pour bâtir le Paris que nous avons connu, celui des urbanistes, comme le baron Haussmann, et des poètes, et il suffira de deux mandatures pour tout détruire ; et détruire c'est presque aussi cher que construire.

Avec Albert nous pleurons sur l'épaule des poètes.

– Victor Hugo, ami, te souviens-tu ?

Saigner est ta beauté, mourir est ta victoire.
Mais non, tu ne meurs pas.
Dans l'admiration des peuples, dans la gloire,
Tu retrouves, Paris, bien plus que tu ne perds.

Je dois le ramener sur terre :

– Pourtant les 200 communicants d'Annie Dalgo nous vantent à longueur de journée, dans tous les médias, les résultats de leur gestion : une ville plus verte, où le parisien respire mieux, se déplace plus aisément, une ville plus fraternelle, une ville plus solidaire.

– Une ville, mon pauvre Pierre, qui a perdu 12 400 habitants en un an, dont les arrondissements du centre se vident, où ceux qui ne peuvent se déplacer à vélo ou en trottinette, du fait de l'âge, comme toi par exemple, sont condamnés aux métros bondés et mortifères. Une ville où seul le peuple des rats semble prospérer. Une ville où la fiscalité est devenue confiscatoire, un véritable racket. Une ville qui a pris en otage sa population.

Je m'efforce de le modérer en déplaçant le débat :

– Mais alors, la politique budgétaire et financière de la Ville de Paris, Ponzi ou pas Ponzi ?

– Comment se poser la question ? La pyramide de Ponzi, qui est un délit pénal grave – Bernard Madoff a été condamné à 150 ans de prison pour cette bagatelle – consiste à financer des charges de fonctionnement actuelles, par des ressources à venir, la dette par exemple, que rembourseront nos enfants. La confusion qui règne aujourd'hui entre dépenses d'investissement et dépenses de fonctionnement est la porte ouverte d'un système pyramidal de type Ponzi.

Et Albert, infatigable bretteur, de poursuivre :

– Mon cher Pierre, quand on aménage à grands frais le Grand Palais pour organiser les compétitions olympiques d'escrime (ou de badminton, c'est la même logique !), et que, trois mois après, on démolit ces aménagements pour revenir aux conditions initiales d'exploitation du Grand Palais, ce n'est que du fonctionnement. Il n'y a pas une once d'investissement là-dedans.

– Alors Albert, Ponzi ou pas Ponzi ?

– Si tu finances directement ou indirectement ces travaux d'aménagements provisoires par de la dette, tu patauges en plein dans du Ponzi. Et tu termineras tes jours, comme Madoff, en prison. Je ne suis pas sûr qu'Annie Dalgo comprenne ce raisonnement.

– Te voilà bien chagrin aujourd'hui, Albert; ce n'est manifestement pas le moment de te parler des Jeux Olympiques de Paris.

– Non.

– Comme disait Macbeth, de ce bon vieux Shakespeare, à l'acte III scène 3.

Marcorel, le philosophe

Mon frère Marcorel, à 45 ans, ne rentre dans aucune catégorie. Ancien élève de Normale Sup et agrégé de philosophie, il n'est pas, comme ses camarades, enseignant ou banquier d'affaires, mais plutôt poète et littérateur. Il vit de sa plume, comme d'autres vivent de leur image. Il a publié une ambitieuse *Histoire définitive et universelle du cosmos* qui a rencontré un lectorat minuscule. Sa thèse de doctorat, *La France et le chaos*, a été bien accueillie, dans la sphère familiale. Mais sa passion dévorante, c'est la traduction de poèmes anglais en langue allemande et de poèmes allemands en langue française, et en alexandrins, s'il vous plaît. Son heure de gloire, pendant quelques minutes, a été de se porter officiellement candidat à l'Académie française, à l'âge de 40 ans, plus jeune candidat à l'Académie depuis plusieurs siècles. L'échec lamentable de cette tentative a laissé le philosophe de marbre.

Nous refaisons le monde, ce monde ingrat, ce soir-là au Café du commerce, embrumé sous les nuées de fumées. Je lance mon frère, et la tirade ne se fait pas attendre.

– Les médias parlent peu des Jeux Olympiques, et certains les ignorent, comme pour conjurer la catastrophe à venir.

– Tout le monde s'en moque, frérot ; parce que les Jeux ont peu à voir avec le sport qui est ascèse, dépassement de soi, effort gratuit librement consenti, maîtrise de sa force physique ou de son habileté. Il s'agit, avec les Jeux, ni plus ni moins d'un spectacle comme les autres, et le spectacle est là pour divertir et non pas pour soulever les passions ou les espérances.

Le philosophe a encore du souffle.

– Ce qui intéressera le peuple, c'est l'effondrement de Patron ou de Dalgo dans les sondages, le nom des ministres qui seront limogés après les Jeux, le nombre de fonctionnaires qui seront sanctionnés, les magasins pillés et les voitures incendiées. Nous sommes à Rome, au Colisée, quand le peuple se déplaçait jusque-là pour voir le lion dévorer le gladiateur. Mais aujourd'hui le citoyen n'a pas besoin de prendre son char pour aller aux arènes. Avec la télévision, il a le spectacle à la maison, et le sang du gladiateur coule quasiment dans son assiette. Regarde l'engouement médiatique des Français pour l'accident d'un artiste de variétés, sur une route de Seine-et-Marne.

– Merci, Marcorel, mais tu dois être sensible aux symboles, à la flamme olympique…

– Le feu ouvert, celui de la flamme olympique ou celui qui brûle dans ta cheminée et qui te fascine, c'est la dernière pièce qui rattache l'homme d'aujourd'hui à l'homme du paléolithique. Avec, peut-être, la vannerie et la poterie, pour te faire plaisir. La flamme olympique, c'est l'âme d'*Homo sapiens*, à peine sorti d'Afrique, qui découvre l'usage du feu et de la métallurgie. Pas la peine d'aller chercher *La psychanalyse du feu* de mon bon maître Gaston Bachelard.

– Et la devise olympique ?

– Parlons-en. « Plus vite, plus haut, plus fort ». Ces mots avaient un sens en 1881, quand la devise a été adoptée. Aujourd'hui, la sagesse doit conduire à des choix contraires, opposés. L'humanité ne survivra que si elle avance moins vite, moins haut, moins fort. C'est tout le programme des écolos, la réponse des collapsologues à la sauce Yves Cochet.

Après un second café, Marcorel dispose encore de bonnes réserves ; je ne veux pas m'en priver.

– Le slogan des JO de Paris doit trouver grâce auprès du poète que tu es : « Ouvrons grands les Jeux » ?

– Décidément, rien ne nous est épargné. Ce slogan est la piteuse trouvaille d'un communicant en mal d'inspiration. D'abord la cérémonie d'ouverture (« Ouvrons ») pose à ce jour de nombreux problèmes, mais il ne s'agit pas seulement d'« ouvrir » les Jeux ; il faut les mener à bonne fin, et je ne vois pas quel « Deus ex machina » nous sortira du pétrin. « Grands » ensuite : pourquoi ? jusqu'où ? Jusqu'au gigantisme ? jusqu'à l'explosion ? Annie Dalgo veut donc que les Jeux lui pètent à la figure ? Les responsables des Jeux de Paris (il y en a peut-être quelques-uns quelque part) ont commis le plus grave des péchés, le péché d'orgueil. Il ne faut pas « ouvrir grands les Jeux », comme le dit le slogan, mais « ouvrir grands les yeux ». Ce sera plus bénéfique pour le porte-monnaie des contribuables, pour l'image des élus qui nous mènent au précipice et, in fine, pour l'honneur de la France.

– Amen ! Laisse, je payerai l'addition, tu l'as bien mérité. Ton compère le poète François Villon a écrit il y a bien longtemps :

De notre malheur, que personne ne se moque,
Mais priez Dieu que tous nous veuille absoudre!

Deuxième partie

Faites vos Jeux !

Macquisait en réunion

Le 15 décembre 2022, tout l'état-major de Macquisait Europe s'est déplacé à Paris. Les grands pontes de New York, échaudés par les séquelles de leur intervention contestée dans la campagne présidentielle de 2017, sont restés prudemment au chaud, à Greenwich Street.

L'idée, ou plutôt la consigne, est venue de l'Élysée, non sans franchise, par le cabinet du secrétariat général du président ; on n'est jamais trop prudent et le message adressé à la mairie de Paris est explicite : « Après tout ce sont les Jeux de Paris. C'est la Ville qui était candidate et qui a été retenue, et pas l'État. La responsabilité de l'organisation vous incombe. Nous ne pouvons que vous conseiller de faire appel à un cabinet de conseil expérimenté, de stature conséquente. Ils ne sont pas nombreux dans le monde à pouvoir vous dépêtrer d'un pareil bordel. »

Au cabinet du cabinet de l'Hôtel de Ville, à 15 mois de l'échéance, personne ne mesure encore l'enjeu. Les communicants qui forment la garde rapprochée d'Annie Dalgo vivent depuis le début de la mandature hors sol et hors temps. Devant la machine à café, haut lieu du pouvoir dalguien, les échanges vont bon train. Chacun y va de son commentaire positif :

– Les cow-boys de Macquisait ne vont tout de même pas nous dire ce que nous devons faire, ici, chez nous, à Paris.

– Pourquoi ne pas faire appel aux généraux du Pentagone, tant qu'on y est ?

La réunion avec les « cow-boys » débute à 15 heures, par un café d'usage et quelques mots d'accueil minimalistes prononcés par la maire qui évoque les grandes heures de l'amitié franco-américaine, depuis le général La Fayette en 1776 jusqu'aux plages normandes du débarquement en 1944. Puis Annie Dalgo se retire, avec le sourire bienveillant de circonstance, appelée par l'inauguration de l'extension d'une crèche dans le 11e arrondissement.

À 16 heures, un huissier introduit le maire adjoint en charge des Sports. Il était occupé par une galette des Rois organisée par une association sportive dans son arrondissement d'élection. Il arrive à l'Hôtel de Ville comme le ravi de la crèche : c'est lui, excellent augure, qui a eu la fève et qui a coiffé la couronne dorée en carton. Si la discussion tourne mal, il pourra toujours expliquer qu'il n'était pas là.

Les Américano-Européens comprennent vite qu'ils sont déjà considérés comme les boucs émissaires à venir, les victimes sacrificielles, voire comme des adversaires potentiels, destinés à porter le chapeau quels que soient les dérapages. Ils étaient venus bien naïvement parler de procédures, de structures, de découpages territoriaux, de plannings Pert, de chronogrammes, de diagrammes de Gantt ; de sécurité aussi, et encore de sécurité. Les fonctionnaires présents pensent à leur statut, à leur rang dans la hiérarchie, à leur régime indemnitaire qui ne rémunère pas le travail nocturne, ni celui du week-end, ni celui du mois d'août, quand les enfants, précisément, entre le 26 juillet et le 11 août, seront en vacances.

La discussion autour du projet de contrat de prestation de service tourne à l'exercice de sourds dialoguant avec des muets. Les représentants de la Ville n'acceptent aucune considération de force majeure. Les pénalités de toutes sortes sont léonines et quasi discrétionnaires, au bon vouloir du donneur d'ordre, l'administration de Paris. Les échanges arrivent en butée et les têtes d'œufs de Macquisait se retirent sans trop tarder mais non sans élégance : « Il faut bien, n'est-ce pas, interroger nos juristes de New York et faire valider le projet de contrat par le board. »

Le texte ne partira jamais à New York. Le verdict tombe peu après, dans le taxi du chef de la mission : « I have never seen such a bunch of irresponsible and reckless fools. » Ce qui signifie en français « Je n'ai jamais vu une pareille bande de… », *traduction non contractuelle*.

À l'Hôtel de Ville, le communicant en charge des Sports lève la séance, guilleret : « Nous n'avons pas plié devant les Yankees. Quoi qu'il advienne, nous pourrons toujours en appeler aux bénévoles des associations sportives de quartier. Nous avons là une ressource inépuisable qui s'engagera avec enthousiasme pour que les Jeux soient une grande fête populaire au service de l'amitié entre les peuples. »

Deux ou trois fonctionnaires participants à la réunion, plus lucides que leurs collègues, se regardent, livides et consternés.

Les volontaires

CANDIDAT MALHEUREUX aux dernières élections municipales sur les listes d'un mathématicien célèbre, je n'en observe que mieux, avec délectation, le meilleur et, plus souvent, le pire de la gestion municipale d'Annie Dalgo. Les séances du Conseil de Paris, tous les mois, sont accessibles au public, à condition d'être à pied d'œuvre, 5 rue Lobau, à partir de 8 heures, en raison du nombre limité de places.

Nous sommes une bonne cinquantaine, en ce matin glacial du 10 janvier 2023, à espérer une place sur les bancs de la plèbe. Je reconnais beaucoup de candidats battus des scrutins précédents, beaucoup aussi – et ce sont parfois les mêmes – de futurs candidats aux élections de 2026. Ces amateurs, tous passionnés de la chose publique parisienne, se connaissent pour la plupart, assidus depuis des années au même rituel d'admission. Ils partagent avec flegme et humour la même détestation de l'exécutif parisien.

Je suis admis à cette session qui dure 4 jours, avec un ordre du jour de plusieurs centaines de points, d'un intérêt et d'un enjeu financier très variables.

Un des projets de délibération concerne le recours à des volontaires pour les Jeux Olympiques de Paris, dans quelques mois. Annie Dalgo lance le débat, avec un sourire avenant et la voix sirupeuse : « Ces Jeux sont une chance pour notre jeunesse qui trouvera là matière à montrer sa vitalité, sa générosité, son engagement enthousiaste, au service d'une cause qui nous dépasse tous. » Silence respectueux des conseillers de Paris dans les travées. « Notre direction de la Jeunesse et des Sports a prévu grand, à l'image de notre ambition : c'est 45 000 volontaires qui seront mobilisés pendant deux mois. La loi attrape-tout du 26 mars 2018, en son article 8, est assez vague pour permettre de faire à peu près tout et n'importe quoi. Alors, Mesdames et Messieurs, vous pouvez donner libre cours à votre créativité. Je vous remercie. »

La discussion s'engage dans la confusion. Il n'est plus possible de distinguer les voix de la majorité de celles de l'opposition, la gauche de la droite, les écolos des réactionnaires.

– Mais 45 000 personnes, c'est l'équivalent de la population d'une ville comme Blois ou Chalon-sur-Saône.

– Et alors, quel est le problème ?

– Que ferons-nous si les associations sportives parisiennes ne répondent pas ?

– On fera appel aux départements limitrophes ; les jeunes de Seine Saint-Denis ou du Val-de-Marne seront les bienvenus. Cet évènement dépasse les limites du périphérique. Et puis, je vous pose la question, pourquoi limiter le bénévolat à la jeunesse ?

Un murmure parcourt les travées, venu de la droite, qui ne sera pas repris dans le compte rendu de séance.

– Elle est capable d'aller recruter dans les EHPAD.

Léger brouhaha qui ne déstabilise pas la maire, inoxydable, comme à l'accoutumée :

– Et si cela ne suffit pas, nous pouvons recourir au Service civique parisien. Comme vous le savez, Mesdames et Messieurs les conseillers, le statut du Service civique parisien prévoit de verser à chaque volontaire une indemnité de 580 euros par mois. Volontariat ne signifie pas, en effet, bénévolat.

Une voix au premier rang de l'hémicycle, venue de la majorité municipale :

– Permettez, Madame la maire, que je sorte ma calculette : 580 euros versés pendant deux mois à 45 000 personnes, cela fait plus de 50 millions d'euros.

– Rassurez-vous, Monsieur le conseiller, je sais faire une opération arithmétique simple (sourire de connivence) : cela fait exactement 52 200 000 euros. C'est précisément cette somme que je vous demande d'inscrire comme avenant au budget de la direction de la Jeunesse et des Sports.

Cette bonne nouvelle ne freine pas l'ardeur des conseillers de Paris, prêts à en découdre, du moins verbalement, sur les sujets aussi anodins que la formation de cette cohorte de volontaires, leur encadrement, les procédures de recrutement ou de gestion, leur répartition sur les différents sites...

Un conseiller de Paris, optimiste, certainement de droite, a le mot de la fin :

– La Grande Armée comptait 450 000 soldats pour s'emparer de Moscou. Avec 45 000 volontaires, la Grande Armée d'Annie Dalgo arrivera bien à sauver Paris du désastre.

Tout est donc dit et le Conseil de Paris s'apprête à passer à l'examen d'un projet plus stratégique encore pour l'avenir des Parisiens : le versement d'une subvention de 3 000 euros à une association qui œuvre à la revégétalisation des squares du 4e arrondissement. Soudain, patatras, le conseiller leader du groupe de droite, Monsieur Rachid Hadati, demande à prendre la parole. Chacun connaît et, dans la majorité municipale, redoute ses interventions, hautes en couleur et parfois imprégnées de bon sens. Madame la maire lui donne la parole, avec un sourire crispé et l'air désabusé de celle qui s'attend à entendre encore quelques sottises.

– Madame la maire, tonne-t-il, avec sa cohorte de 45 000 volontaires, est en train de nous enfumer, de nous mener en bateau.

– Nous vous écoutons, éructe la guerrière.

Et Rachid Hadati de brandir au bout des doigts une « note stratégique » émanant de la direction de la Communication.

– Ce qu'elle cherche, et c'est écrit dans la note que je tiens à votre disposition, rédigée par vos fonctionnaires, c'est à recruter une claque pour garnir les gradins et les tribunes, dans l'hypothèse, bien tristounette hélas – je pense aux épreuves de tir à l'arc, de breaking et à quelques autres curiosités exotiques – où le public serait aux abonnés absents. Les organisateurs devront tout de même faire bonne figure et vendre à l'opinion les Jeux comme un immense succès populaire.

Et, rehaussant le ton :

– C'est l'impératif imposé par les sponsors qui veulent de l'audience pour leurs publicités. Madame la maire, comme toute l'organisation des Jeux, est l'otage de ses partenaires financiers.

Silence assourdissant sur tous les bancs de la docte assemblée, tandis que le rictus d'Annie Dalgo se creuse.

Rachid Hadati n'en a pas terminé.

– Mes chers collègues, le programme a été publié : du 26 juillet au 11 août, le public pourra assister à 329 épreuves et à 762 sessions. Madame la maire – qui maîtrise, nous a-t-elle assurés et personne n'en doute, les opérations arithmétiques simples – a donc divisé 45 000 volontaires par 762 sessions et cela donne…

– 59 « claqueurs » par session, disons 60, je viens de faire le calcul, lance dans un chahut général un conseiller du 13e arrondissement réputé pour son goût des facéties.

Rachid Hadati ne veut pas perdre le mot de la fin.

– Madame la maire a appris de ses alliés politiques dans cette assemblée le fonctionnement de la démocratie dans les congrès des partis communistes asiatiques, je pense à la Chine ou à la Corée du Nord, quand on va recruter la claque dans les faubourgs pour le prix d'un bol de riz.

Les hurlements et les éclats de rire augurent mal de la suite de la séance. Le rictus d'Annie Dalgo se fige. Mais l'assemblée n'a pas touché le fond. Alphonse Alouest, maire adjoint en charge des nouvelles technologies et du numérique, demande à prendre la parole. Après un stage en Californie, dans la Silicon Valley, il est devenu addict aux consoles de jeux Nintendo, qu'il n'abandonne jamais, même pendant les séances du Conseil de Paris. Cette compétence rare lui vaut une place de choix dans l'organigramme de la garde rapprochée d'Annie Dalgo.

– Madame la maire, mes chers collègues, il existe une solution plus pratique et moins onéreuse pour remédier à l'insuffisance du public dans les gradins, ce sont les effets spéciaux : il suffit de filmer sur un bout de vidéo 10 personnes de tous sexes, de tous âges, de toutes conditions et, permettez-moi, de toutes couleurs, et, avec un bon logiciel d'effets spéciaux, on peut remplir les 60 000 places du Stade de France. Je vous l'assure, les téléspectateurs n'y verront rien.

C'est l'euphorie générale. Décidément, la revégétalisation des squares de Paris pouvait attendre. Les cris fusent de toutes les travées de l'hémicycle parisien : « Alouest ! Alouest ! » à gauche, et : « À l'Ouest ! À l'Ouest ! » à droite.

C'est dans cette ambiance bon enfant que le public est invité à se retirer de la salle des séances.

En rentrant chez moi par le métro, je me laisse aller à rêver. Il aurait été bien plus simple de remplacer les épreuves olympiques, dites sportives, par des effets spéciaux… Et le résultat des compétitions pas un tirage au sort, plus démocratique.

Coup de torchon au village

LE QUOTIDIEN *L'abération*, défenseur du faible et de l'opprimé, lance l'alerte le 15 février 2023, avec un titre d'une rare violence : « Pas de climatisation au Village : le Cojo face à l'inquiétude des athlètes ».

Les « plans B », « C » et même « D » commencent à fleurir sur la toile. La formule Airbnb tient la corde. Pour les athlètes des pays émergents, moins bien nantis, le camping du bois de Boulogne propose une offre tarifaire attractive.

À l'Hôtel de Ville, le cabinet garde son sang-froid : la presse veut faire du papier. Le problème ne concerne que 14 000 sportifs et accompagnateurs. Il reste encore des places pour installer des tentes bleues à la République, et plus encore au bois de Vincennes. Annie Dalgo ne perd pas, pour si peu, son sourire de composition. Alphonse Alouest, dont l'étoile monte, toujours plus haut, toujours plus vite, au plafond de la salle du conseil de Paris, intervient en séance :

– Mes chers collègues, nous devons résister à une réaction épidermique d'enfants gâtés. Pensez-vous qu'à l'époque glorieuse des Jeux antiques, à Sparte ou à Athènes, les athlètes pestaient contre la climatisation ? Croyez-vous qu'aux jeux du Colisée, à Rome, quand les chrétiens dévoraient les lions, les associations animalistes pestaient contre la climatisation ?

Rachid Hadati, dont on ignorait la fibre écologique, se lève alors.

– Où, mes chers collègues, s'arrêtera la facture du bilan carbone ? Faudra-t-il aussi climatiser les stades de football et les pelouses, les plateaux de basket-ball et de beach-volley, et la Seine pendant la cérémonie d'ouverture ? Et pourquoi pas climatiser tout Tahiti pendant les compétitions de surf à Teahupo'o ? Ce ne sont pas, que je sache, les Olympiades de la climatisation. On ne va tout de même pas organiser les Jeux d'été en décembre.

Ma fille Arlet, toujours candidate aux Jeux, a pris le parti des sportifs :

– Papa, tu ne comprends rien. Les athlètes sont des mécaniques de précision, avec une thyroïde réglée aux petits oignons. Un été de canicule à Paris et les jeux sont par terre.

Nouvelle alerte en provenance de la Fédération burkinabée de gymnastique rythmique, section féminine. Sa présidente éructe sur tous les médias :

– Mes gymnastes découvrent fortuitement que les salles de bains des 2 800 logements du Village ne sont pas équipées de bidets. Je dénonce cette atteinte grave à la dignité humaine, ce retour à l'âge de pierre.

L'Union mondiale des associations féministes (UMAF) gronde et menace. Clémentine Batin, égérie de la France Insoumise et Marine Lapin du Rassemblement National signent un communiqué commun pour dénoncer la politique machiste de la Solideo et de sa présidente Annie Dalgo.

Jusque-là tout va bien, il suffira d'ajouter quelques centaines de millions supplémentaires sur le dos du contribuable et… passez muscade.

Le pire est encore devant la Solideo. La puissante Fédération américaine de basket-ball lance le ballon (de basket) dans la mare : « Les lits installés dans les chambres du Village ont la taille standard de 190 X 90. Nos athlètes mesurent tous plus de 2,20 mètres. Les autorités des Jeux veulent-elles que nos basketteurs dorment sur le sol ? Ou faudra-t-il leur couper les jambes ? »

Face au risque de boycott de la délégation américaine, l'Élysée prend l'affaire en main : « Appelez-moi Washington ».

– *Hello Joe, I have a big problem.*

Après quelques échanges sur les prochaines vacances de Brigitte Patron en Floride, un arrangement est trouvé :

– *Deal, Emmanuel, you are a good guy ; the Navy will bring some beds for you.*

Le Club Paris Olympique

La capacité d'accueil d'une cabine téléphonique aurait été insuffisante. La capacité du préau d'une école élémentaire de la Ville de Paris aurait été satisfaisante. Mais avec un standing un peu faible, peut-être, eu égard à l'importance de l'évènement. Le choix de la grande salle de la Maison de la mutualité est certainement disproportionné et dispendieux, mais qu'importe, la République ne lésine pas pour le confort de ses enfants.

Le 2 mars 2023 se tient la première réunion des membres du Club Paris 2024. Nous sommes une petite trentaine de personnes, dispersés sur les bancs de cette salle mythique qui jalonne depuis près d'un siècle notre histoire politique. Les fantômes des grands révolutionnaires sont toujours présents, tapis derrière les rangées de fauteuils : Jean Jaurès, Georges Marchais et Jean-Luc Metleson.

Je suis venu avec ma fille Arlet et mon fils Edmond, animés que nous sommes tous par une insatiable curiosité. Le représentant du président Autaquet nous accueille avec des mots qui vont droit au cœur :

– Vous êtes le fer de lance, le bras armé de cette immense cohorte qui portera le succès des Jeux.

Ouais, mais pour l'instant nous sommes une trentaine. Il faut, l'exercice oratoire l'exige, aller chercher les messagers de Marathon apportant la mauvaise nouvelle, et citer approximativement Pierre de Coubertin et même Napoléon s'adressant à ses grognards après la bataille : « Vous n'allez pas gagner grand-chose, mais vous allez participer. Il vous suffira de dire : j'étais à la bataille de Paris 2024, pour qu'on dise de vous : voilà un brave ! »

– Mais surtout, reprend le tribun en crachotant dans le micro, vous bénéficierez, vous tous ici présents, d'un tirage préférentiel, dans un échantillon spécial, pour les nombreux tirages au sort : billetterie des épreuves, recrutement des volontaires, distribution de mascottes, cérémonies diverses, remises des médailles, interviews de la presse, autographes des athlètes. Vous pourrez ainsi économiser jusqu'à 890 euros par personne.

Suit un flot de considérations aussi exaltées que générales sur les valeurs de l'olympisme dans le monde qui est le nôtre.

L'adjoint aux Sports d'Annie Dalgo, Pierre Rabate, vient ensuite apporter la bonne parole officielle et se prête volontiers au jeu des questions-réponses.

Les échanges avec la salle évoluent d'un sujet anodin, la climatisation au Village, à la question cruciale du respect des délais et des échéances jusqu'en juillet 2024, pour finir avec la diplomatie olympique.

La climatisation du Village olympique qui fait l'objet d'une polémique ? Le Village olympique qui se construit est entièrement « constitué de bâtiments en bois, avec une climatisation naturelle qui fonctionne très bien ». La langue de bois, suivie de l'élan incantatoire, n'est jamais très loin : « Tout le monde bénéficiera, non seulement de ces conditions idéales, mais aussi de ces premiers jeux écolos que nous portons et dont nous serons très fiers». Et encore, cette assurance tous risques qui fait la grandeur d'un grand décideur: «Ils viendront, et ils verront qu'ils iront très bien» (en français dans le texte).

En attendant l'été prochain, chacun peut dormir tranquille. S'il fait 38° à l'ombre en juillet 2024 dans le chaudron du Village de Saint-Denis, les athlètes pourront toujours s'installer à la buvette, en terrasse, et commander un lait-grenadine. Pour ramener ce débat aux vrais enjeux de la municipalité parisienne, l'orateur cite la divine parole dalguienne: «J'ai beaucoup de respect pour le confort des sportifs, mais je pense beaucoup plus à la survie de l'humanité» *(sic)*.

«Homo sapiens» n'a qu'à bien se tenir. On a, aujourd'hui, appris quelque chose: la survie de l'humanité se joue sur les 51 hectares du Village olympique de Saint-Denis. Rien de moins, rien de plus.

Que reste-t-il de l'esprit de Lima, tant célébré pendant des mois?

Les explications du maire adjoint aux Sports devant le Club Paris Olympique passent du trivial, quand il s'agit de la climatisation du Village, au subliminal, quand il s'agit du fonctionnement de la magic team: Élysée et sa ministre des Sports, Hôtel de Ville et Cojo. Ce qui fait beaucoup de caïmans féroces dans le même marigot olympique. Nous sommes loin de l'unanimisme hexagono-gaulo-français qui a suivi le choix du CIO en faveur de Paris, le 13 septembre 2017. Entre l'Élysée et l'Hôtel de Ville, on s'en tient aux nuances du registre lexical, en échangeant des «propos indignes» et autres noms d'oiseaux.

Grâce au ciel, il y a dans le dispositif un bouc émissaire, parfait pour le rôle: Rony Autaquet et sa garde rapprochée du Cojo, auxquels on reproche un fonctionnement opaque et en circuit fermé, une rétention persistante d'informations, autant de gages de la catastrophe au bout du tunnel. La réunion n'a pas encore atteint le niveau quasi diplomatique indispensable pour laisser une trace dans l'Histoire. On était jusqu'à présent, avec la préparation des Jeux, dans le subliminal ; les participants à la réunion vont maintenant toucher au sublime.

Un petit monsieur se lève, assis à la première rangée de la salle, habillé d'un costume gris, chemise et cravate grises, et il s'adresse à la tribune, d'un ton gris : «Je m'appelle Paul Machin et je suis conseiller du représentant de la République de Khakassie à Paris». Chacun des participants à cette réunion, à la Mutualité, sait bien que la République de Khakassie, capitale Abakan, en Sibérie occidentale, est une des composantes de la Fédération de Russie. Mais ce que beaucoup ignorent c'est que Paul Machin était spécialisé, aux temps glorieux de l'Union Soviétique, dans l'organisation de voyages touristiques et d'amitiés dans les pays de l'Est. Le célèbre athlète, Wladimir Routine, n'a-t-il pas écrit «KGB un jour, FSB toujours». Bref, Paul Machin, qui n'est pas un athlète, lui, n'est pas venu ici pour occuper son après-midi. Il engage le dialogue avec Pierre Rabate.

– Monsieur le représentant de Madame Dalgo, je suis ici pour qu'une solution soit trouvée à la participation aux Jeux des athlètes soviéti… euh, russes. Madame la maire, et je l'en remercie, est favorable à la participation d'athlètes russes sous «bannière neutre». Au nom de mon mandant, le grand président de la République de Khakassie, le camarade Brejnev… euh, Valentin Konovalov, j'affirme ici que la Khakassie sera fière d'offrir aux athlètes russes injustement ostracisés, l'abri sous notre «bannière neutre».

Pierre Rabate vient de toucher son niveau d'incompétence :

– Si vous le permettez, Monsieur l'espion… euh, Machin, j'appelle Madame la maire au téléphone.

Après un échange confus dans le genre : « la question de la présence des athlètes russes va nous pourrir la vie jusqu'au dernier jour », ou encore « l'idée de « bannière neutre » est une idée stupide ; je le sais, c'est moi qui ai eu cette idée », l'adjoint aux Sports reprend la parole :

– Madame le Maire me fait savoir et vous pouvez transmettre sa réponse officielle à votre mandant, le camarade président de la République de Kakaassie, que la participation des athlètes russes aux Jeux relève d'une décision du CIO et non pas de la maire de Paris.

Ce genre de réunion vaut par les personnes qu'on y rencontre. À ma droite, le hasard a placé un père de famille, accompagné d'un jeune homme et d'une jeune fille. À ma gauche, Albert est assis à côté de Marcorel. La séance, rapidement levée, je lance à mes voisins : « Si vous avez un moment, allons prendre une bière ou un Coca au bistrot d'à côté. Le Cojo n'a certainement pas le budget pour nous rincer la gorge, où alors personne n'y a pensé. » Il est aisé de lier connaissance.

Le père, Chérif, est artisan taxi. Il s'intéresse aux Jeux car il est en âge d'envisager un départ à la retraite et l'affluence aux JO impactera la valeur de revente de sa « plaque ». Ses deux enfants l'ont accompagné. Sa grande fille Lifa, chanteuse populaire dans sa communauté, est pressentie pour incarner de sa belle voix La Marseillaise à la cérémonie d'ouverture et son fils Hamid, judoka de haut niveau espère une sélection dans l'équipe de France.

– Et toi, Pierre, pourquoi es-tu ici ?

– D'abord pour accompagner ma fille Arlet, candidate elle aussi à une sélection dans l'équipe de France du 5 000 mètres et pour accompagner mon fils Edmond, toujours curieux de ce qui fait le charme de la vie publique. Quant à moi, c'est une vieille histoire. Ma famille vit à Paris depuis des générations. Je ne serais pas surpris que certains de mes ancêtres aient pris la Bastille, ou aient été Communards. La décrépitude actuelle de Paris, que chacun peut constater *de visu*, me révulse et j'ai hâte de savoir si les JO seront pour la Ville une chance ou la dernière pelletée de terre qu'on jette dans la tombe sur le cercueil.

J'observe discrètement les jeunes, à nos côtés, exploser de grands éclats de rire et échanger, plus discrètement encore que je ne les observe, leurs numéros de téléphone et leurs adresses mail.

– Bon retour à La Courneuve, Chérif…

Albert et Marcorel n'avaient pas envie de boire un verre au bistrot. Ils voulaient marcher, se dérouiller les jambes. Ils repartent à pied, par les quais de la Seine en ce début de printemps ensoleillé. Dans quelques mois, c'est ici que se déroulera la cérémonie d'ouverture des Jeux, la plus insensée jamais imaginée par un esprit humain.

Le philosophe, d'un petit souffle, engage la conversation.

– Dans un pays à genoux comme le nôtre, les Jeux peuvent avoir deux effets opposés : nous relancer, nous remettre debout, si la magie du verbe patronien opère, ou nous mettre définitivement par terre. Un petit grain de sable ou un gros pavé, organisationnel, sociétal, financier, sécuritaire, voire météorologique, suffira à nous envoyer au tapis.

– Ça fait beaucoup de risques et de menaces, Monsieur le philosophe-poète. Alors que nous sommes déjà par terre. Mais il ne faut pas le répéter, pour ne pas désespérer les masses laborieuses.

– Je m'interroge sur la motivation des adhérents au Club Paris 2024, présents aujourd'hui avec nous à La Mutualité.

– Pour Paul Machin, sa motivation était claire. Il doit aussi y avoir quelques jeunes, comme ceux qui étaient assis près de nous, qui espèrent une sélection ou une place dans l'organigramme des Jeux, voire un job d'été. Ce n'est pas méprisable. Et puis, peut-être, beaucoup de pervers, plus ou moins esthètes, comme Néron contemplant la ville de Rome en feu. Ceux-là attendent le grand effondrement pour pouvoir jouer les Cassandre et pavoiser : « Je vous l'avais bien dit ! »

Marcorel attendait des informations de cette réunion ; elles ne sont pas venues :

– Toujours rien sur le déroulement de la cérémonie d'ouverture, rien sur l'organisation de la sécurité autour des Jeux, rien sur l'avancement des travaux par la Solideo, rien sur le coût pour la France et pour les contribuables de la fête planétaire.

Albert, je l'ai remarqué, a toujours une pensée affectueuse pour la maire omniprésente et omnipotente :

– Les Jeux Olympiques de l'ère moderne sont nés à Paris, de la volonté de Pierre de Coubertin. Ils pourraient bien mourir à Paris, du coup de poignard d'Annie Dalgo.

Le grand bouchonnement

DÉCIDÉMENT, les voies olympiques, comme celles du Seigneur, sont impénétrables. Le Cojo doit, entre autres missions, garantir une desserte optimisée, fiable, accessible et sécurisée des sites officiels olympiques pour l'ensemble des usagers concernés et d'abord pour les athlètes, sans perturber de manière excessive la vie quotidienne des Parisiens et des visiteurs.

La cartographie des Jeux Olympiques, si l'on s'en tient à la Région parisienne, est à l'image d'une toile d'araignée. La question des liaisons, des déplacements et des échanges a été largement occultée. Par les communicants d'abord, qui donnent le la à toute l'opération, comme si les déplacements n'avaient pas d'impact sur l'image.

Le groupe des Verts à l'Hôtel de Ville s'est emparé le premier du sujet, en avril 2020, peu relayé par les autres groupes. La grande idée des écologistes était d'ouvrir une « Voie triomphale » réservée aux athlètes, prématurément baptisée « Voix triomphale Annie Dalgo », entre le Village de l'Île Saint-Denis et La Concorde. Moyennant la destruction de quelques milliers d'immeubles, dont beaucoup d'immeubles haussmanniens, et le transfert des habitants délogés vers des Cités à construire à Sevran, en bordure de l'aéroport de Roissy, dans l'axe des pistes. Les 50 000 personnes déplacées ne protesteraient que faiblement: personnes âgées, retraités aisés, petits contribuables à valeur ajoutée nulle dans le nouveau Paris des Verts aux lendemains qui chantent. Ils pourraient aussi, en attendant l'arrêté d'expulsion, s'intégrer dans les équipes des volontaires des Jeux afin d'apporter leurs pierres à l'édifice festif.

Le projet était simple à réaliser et d'un impact modéré sur la couche d'ozone, mais il nécessitait une opération d'arasement qui aurait rappelé aux plus anciens – souvenir funeste – les bombardements alliés sur Berlin en 1944. Dans sa sagesse Annie Dalgo rangea ce dossier dans le tiroir « Projets à mettre en œuvre après les JO ».

C'est alors que le cabinet de l'Hôtel de Ville avance un autre projet qui s'inscrit tout à fait dans l'air du temps : le PMA, ou Programme de Mobilité Apaisée.

Comment ne pas y avoir pensé plus tôt ?

Un pont aérien héliporté reliera le Village des athlètes de Saint-Denis à un héliport aménagé, pour la durée des Jeux, place de la Concorde. L'hélicoptère MI-26-Halo, d'origine soviétique, a une capacité de transport de 80 personnes. Dans sa configuration « transport de troupes », il répond parfaitement au cahier des charges. Après un calcul vite fait, il se confirme que les droits et la marge tirés de la vente des Phryges permettront d'acquérir une vingtaine d'appareils reconditionnés mis en vente à bon compte par l'armée russe à la suite de problèmes de fiabilité rencontrés dans les vertes plaines d'Ukraine.

Le chef de cabinet, politique pragmatique qui gère les relations de la maire avec les turbulents écologistes, interroge :

– Combien d'arbres faudra-t-il abattre entre les Champs-Élysées et l'avenue Raphaël pour aménager votre héliport, et installer quelques baraques de chantier ?

– Une centaine de platanes plus quelques dizaines de sujets de moindre intérêt.

– Merci, pas de quoi faire hurler ces enfants gâtés d'écologistes.

C'est l'application stricte du célèbre principe : « Les Jeux financent les Jeux » : la vente des Phryges finance la mobilité apaisée. Et ce projet présente l'immense avantage de réintégrer discrètement, au prix de quelques hélicoptères de combat, la Russie dans le jeu olympique.

Alphonse Alouest, conseiller de Paris toujours avisé, participe à l'intense réflexion collective :

– Il nous faut une alternative à la place de la Concorde. Le grand lac du Bois de Boulogne peut accueillir un porte-hélicoptères dans ses eaux. Notre *Jeanne d'Arc* national fera très bien l'affaire. Et puis l'esprit de récupération, c'est tout bon pour faire plaisir aux Verts.

C'est alors qu'est tombé le texte fondateur, mais un peu tardif, du décret n° 2022-786 du 4 mai 2022, fruit d'une collaboration entre l'État et toutes les collectivités concernées. Ce décret liste les 185 kilomètres de voies routières, en Île-de-France, qui seront réservés pendant un mois aux personnes accréditées, aux pompiers, à la police et aux forces armées. On y trouve entre autres, pour le plus grand plaisir des riverains, de belles tranches de l'A1, de l'A4, de l'A12 et de l'A13. Paris n'est pas épargné, avec de longues portions du boulevard périphérique et de nombreuses bretelles d'accès ou de sortie, les places de la Porte-Maillot, de la Concorde et d'Auteuil, quelques ponts sur la Seine et, pour faire bonne figure, dans les Hauts-de-Seine, le boulevard circulaire de la Défense (liste non exhaustive).

Vingt mille préposés à la sécurité, dont le coût a été omis, sont nécessaires pour verrouiller nuit et jour l'ensemble des entrées et sorties de ces voies. Ce n'est plus de la science-fiction ni de la réalité virtuelle. Il s'agit bien du décret du 4 mai 2022, un texte normatif de la République Française.

L'installation de cinq « radars olympiques » sur le boulevard périphérique parisien est-elle de nature à faciliter l'« acceptabilité » des Jeux par les automobilistes ? Le journal en ligne *21 Minutes* nous en dit plus : ces radars sont dédiés au contrôle des « files olympiques », réservées aux véhicules accrédités, entre 6 heures et minuit. Ils sont capables de lire, ce qui n'est pas très original, la plaque minéralogique, la carte d'accréditation mais aussi de compter le nombre de passagers. Ces merveilles de technologie seront en service du 1er au 15 septembre 2024, avant qu'Annie Dalgo ne les pérennise pour une nouvelle avancée – la décision est prise – les files réservées au covoiturage.

Mon frère Marcorel, observateur dépité de nos mœurs, me glisse à l'oreille : « L'enfer est toujours pavé de bonnes intentions. Nous sommes passés de la libération de l'homme par les Jeux, chère à Pierre de Coubertin, à la mort de la liberté pour que passent les Jeux d'Annie Dalgo. Derrière la doxa officielle sur les Jeux populaires, ouverts à tous, etc., on nous impose l'évènement le plus liberticide depuis l'Ancien Régime. »

Pour tous les particuliers non accrédités, mais aussi pour les professionnels, entreprises de services ou taxis, comme pour les artisans, les plombiers par exemple, ce sera l'engorgement, la thrombose, l'embolie. Bref, dans l'histoire millénaire de Paris, le grand bouchonnement.

Les résidents de l'agglomération qui utilisent un véhicule à moteur thermique (ces mauvais citoyens d'où viennent tous nos maux) se préparent déjà à quitter l'Île-de-France dès la fin juin. Les derniers survivants de l'exode de juin 40 revivront dans la bonne humeur, espérons-le, les images de l'époque, poussés aujourd'hui hors de chez eux, non par l'avancée de l'armée ennemie mais par l'inconséquence qui règne dans nos propres rangs. C'est, pour les organisateurs du Cojo, le paradoxe majeur : comment à la fois chasser les Parisiens de Paris pour laisser place nette au divertissement et remplir les tribunes et les gradins des 600 000 visiteurs attendus ? Et comment accueillir des touristes étrangers, à moins qu'ils n'accèdent à leur hôtel avec un sac à dos sur l'épaule, à vélo ou en trottinette ?

Le vieil adage des romanistes se rappelle brutalement à nous : « Chasser et retenir ne peut ! ».

Tout va donc pour le mieux en ce printemps 2023. Le premier président de la Cour des comptes présente un rapport devant la commission spécialisée du Sénat, puis à celle de l'Assemblée nationale. La concurrence est déloyale et inégale, car, ce jour-là justement, le Prince Harry trouve le moyen de publier en librairie ses Mémoires, d'un intérêt historique bien supérieur à nos malheureux JO.

Le rapporteur rappelle quelques chiffres. Les JO, c'est treize millions de touristes attendus, 600 000 spectateurs, 200 000 personnes accréditées, dont 15 000 athlètes et 20 000 journalistes. Autant de braves gens, détenteurs de tous leurs droits civiques, qui veulent pouvoir se déplacer, aller et venir sans entraves, librement, comme dans un pays civilisé, au XXIe siècle.

Marcorel le philosophe me susurre à l'oreille, tout doucement pour ne pas couvrir la voix qui vient du Sénat.

– C'est un étrange paradoxe. Les Parisiens sont rejetés, bannis de chez eux, voués à l'exil. Les provinciaux et les étrangers sont interdits de séjour, faute de pouvoir accéder à la capitale. Ceux qui parviendront tout de même à s'infiltrer entre les lignes auront du mal à trouver un hébergement. Et ils seront ensuite pris en otage, prisonniers dans leur hôtel, faute de moyens de transport.

Et Albert, qui connaît son Paris, d'ajouter :

– Le programme de la mandature d'Annie Dalgo sera enfin réalisé : transformer les bois de Boulogne et de Vincennes, le Champ de Mars et l'esplanade des Invalides en vastes terrains de camping à ciel ouvert. Les associations d'aide aux migrants, subventionnées par la Ville, distribueront les tentes et la soupe chaude.

Avec beaucoup plus de pudeur, les magistrats de la Cour des comptes, dangereux boutefeux s'il en est, s'inquiètent notamment à propos d'Éole et du réaménagement de la porte-Maillot :

« *Certains projets présentent à ce stade des incertitudes sur le délai de livraison et renforcent la tension sur le réseau de transport existant* ». Ou encore : « *Plusieurs opérations d'infrastructures présentent des risques majeurs du fait de calendriers d'ores et déjà tendus et sans véritable marge de manœuvre* ». Et, plus loin : « *Si ces réalisations n'étaient pas achevées pour les Jeux, il en résulterait une tension difficilement soutenable sur les lignes fortement sollicitées, avec les risques associés d'incidents et d'engorgements pour les usagers du quotidien.* »

Le rapport enfonce cruellement le clou :

« *Certains engagements structurants ambitieux pris par l'État, par le Grand Paris et par la SNCF, concernant les lignes 15, 16 et 17 du Grand Paris Express, les deux lignes TGV Paris-Nice et Paris-Toulouse ou encore la liaison Charles-de-Gaulle Express, ne seront pas tenus.* »

Qu'en termes élégants, ces choses-là sont dites !

Voilà, assurément, matière à attirer les touristes américains et autres étrangers, attendus à Paris pour acheter des Phryges et assister à la finale de l'épreuve de tir à l'arc.

L'engagement initial prévoyait que 100 % des sites de compétition seraient accessibles par les transports en commun, et ouverts aux personnes à mobilité réduite. Perplexe et dubitative, mais réaliste, la Cour des comptes propose de mettre à niveau le parc de taxis et de réserver des navettes aux personnes à mobilité réduite.

– Et le transport des personnes accréditées ? s'interroge Edmond, intrigué par les mystères de l'organisation olympique.

La réponse lui parvient indirectement de la bouche même de Valérie Précaire qui déclare au journal *Le Monde* : « Ce n'est pas un problème, car le Cojo n'a accrédité que 200 000 personnes. La structure régionale « Île-de-France Mobilités » (IDFM) va mobiliser un millier de bus « propres ». Fonctionnant à l'électricité et au biogaz, cette noria tournera entre le village olympique, les salles de presse, les lieux d'entraînements et les stades. »

Hélas, ce réseau éphémère, de la taille de celui de la ville de Lyon, ne suffira pas. En complément, le Cojo va déployer 3 000 voitures, électriques rassurez-vous (Ah, toujours ce souci de ne pas égratigner la couche d'ozone !), et dotés de chauffeurs, bien entendu, pour transporter les personnalités et servir de taxis. Tous ces véhicules devront trouver une place pour stationner, au départ et à l'arrivée, à proximité des équipements sportifs, sans interdire l'accès de ces équipements au public.

Il n'y a qu'une ombre au tableau : faute de chauffeurs, le service de transport de nuit ne sera pas assuré. Les athlètes et leurs accompagnateurs sont prévenus : pas de petits dîners en ville ni de soirées en discothèque.

L'ensemble de ce dispositif « apaisé », dirait Annie Dalgo, coûtera 100 millions d'euros, montant bien trop rond, encore une fois, pour être parfaitement honnête. En cas bien improbable de défaillance de la logistique, des « plans B », « C » et peut-être jusqu'à « Z » sont prévus.

Albert, toujours informé aux meilleures sources, étale volontiers sa science historique :

– Le Cojo est allé emprunter, pour se forger un plan de bataille, aux Archives de l'Armée, au Château de Vincennes. Les taxis de la Marne ont servi de modèle à nos organisateurs. À l'époque, 1 100 taxis avaient transporté en deux jours 6 000 hommes. Les généraux de 1914 étaient des amateurs. Le défi aujourd'hui est autre : il faudra transporter pendant plus de deux semaines 200 000 personnes, 33 fois plus de passagers, mieux choyés, que nos bons vieux Poilus.

– Grande guerre et JO de Paris, ce n'est pas le même combat, observe Marcorel en regardant pensivement le fond de sa tasse de café. Et je doute que l'ardeur, l'élan, soit le même aujourd'hui. Celui qui fera marcher cette usine à gaz mérite au moins deux médailles d'or.

Louis décidément ne se départit pas de sa casquette de flic :

– Personne n'a l'air de songer aux problèmes de sécurité posés d'un côté par le grand bouchonnement et de l'autre par ces déplacements sans limites. Lors de la finale de la Ligue, le 28 mai 2022, personne n'a pu maîtriser la sécurité au Stade de France, en un milieu clos. Comment imaginer la moindre sécurité dans ce cadre ouvert, aux mille entrées ?

Conformément à la devise olympique, le Cojo se doit d'aller « toujours plus haut, toujours plus vite ». Ainsi est née la filière « Mobilité aérienne urbaine ». Les communicants, sur la brèche, ont trouvé le nom des futurs engins : ce sera le « Volocopter » ou le « Volocity ». Il s'agit tout simplement d'un taxi volant, conçu sur la base d'un hélicoptère adapté pour la circonstance. Un service de démonstration devrait être prêt pour les JO, afin que les personnalités et les sportifs de renom puissent voleter en toute tranquillité entre Roissy, le Village, les lieux d'entraînement et les sites des compétitions.

Le *shadow-committee*, se transforme au fil des jours en laboratoire de recherche, en bureau d'études urbaines, en boîte à idées. Albert, l'ancien directeur à la Ville prend les choses en main :

– La solution pour les déplacements, c'est la Concorde, au plus près de la Seine, au centre de gravité de tous les sites olympiques parisiens. De là, on peut desservir à vélo toutes les compétitions.

Comme tous les philosophes, Marcorel sait structurer un projet et aligner trois chiffres :

– Il suffit de 10 000 vélos, affectés pour moitié aux athlètes et pour moitié au public, et de 500 pousse-pousse, ou, si vous préférez, des rickshaws à la mode indienne. À trois cents euros l'unité, le Cojo peut s'en sortir pour 3 millions d'euros.

C'est ma petite faiblesse, je vais directement au terme du projet, comme si tous les obstacles étaient franchis, sans m'encombrer des embûches du chemin :

– Le Cojo doit prendre garde à maintenir un équilibre dans ses achats : de Chine viendront les vélos et d'Inde les pousse-pousse. Ces équipements nous parviendront par avion.

Chérif a l'esprit pratique :

– Pour faire avancer les pousse-pousse, il faut faire venir, si l'on prend en compte les pauses, les récupérations pour travail de nuit et de week-end, les congés légaux, le temps des délégations syndicales et les temps de grèves, 1 500 Hindous, parlant de préférence notre langue. Sans chauvinisme aucun, ce sont quand même les Jeux de Paris.

Marcorel opine, à propos des Hindous :

– Les réfugiés afghans ou kurdes qui vivent en France n'ont pas vocation à travailler et encore moins à pédaler ; ça se saurait.

Le site de la Concorde fait l'unanimité :

– Imaginez, se lève Albert au comble de l'excitation, une mer de vélos à perte de vue, place de la Concorde, des Hindous enturbannés courant dans tous les sens à la recherche de leur rickshaw et, dominant la place, l'obélisque dressé comme un immense phallus à la gloire de l'olympisme.

– Bon, bon, papa, intervient Arlet, passons à autre chose.

La sécurité, une discipline olympique

JEANNE A MIS ce vendredi soir les petits plats dans les grands. Nous aurons droit à la pintade farcie aux morilles, spécialité inégalable de Picard Surgelés. Mon ami Louis est invité au dîner, avec son épouse Soizic. Marcorel, mon philosophe de frère participe aussi aux agapes. Edmond et Arlet, si j'ai bien compris, passent la soirée au Bataclan, avec les enfants Feraoun, à un concert du groupe CIX « Save me, Kill me ». Ce nom me fait un peu froid dans le dos, mais il faut bien que jeunesse se passe.

Avec la famille de Louis, nous avons vécu ensemble d'innombrables vacances d'été au soleil du Camping de la Plage, à Palavas les Flots ; à partager les parties de pétanque et les bouteilles de pastis. Nos liens sont indéfectibles : à la vie, à la mort. Louis est sociologue de formation, ce qui ne l'a pas empêché de faire une brillante carrière dans le syndicalisme de la Police nationale. Il est aujourd'hui secrétaire national de la fédération « Honneur et Police ». Sa passion pour la sociologie ne l'a jamais quitté. Je sais que la haute hiérarchie policière apprécie chez l'homme de conviction ses approches intellectuelles parfois décoiffantes, sous le képi.

Marcorel attaque joyeusement la conversation.

– Avec les JO qui se préparent, la Police va devoir affronter le plus gros choc de son histoire, depuis l'attentat de la rue Saint-Nicaise contre Napoléon en 1 800. Cet attentat raté avait coûté son poste à Joseph Fouché, et Gérald Darmanin n'est pas Fouché.

Louis défend son ministre :

– Il ne faut pas sous-estimer Darmanin. Derrière son air patelin, le bonhomme est solidement structuré.

Ainsi vont, vont, vont les dîners en ville en ces temps heureux pré-olympiques.

La Police nationale a son historien quasi officiel. Ange Bardini a publié une *Histoire de la Police nationale des origines à nos jours*, aux éditions Giffle, qui fait référence. Depuis Raymond Marcellin, Ange est l'historiographe officieux de tous les ministres de l'Intérieur. Une tignasse blanche ébouriffée, une dégaine chaloupée le signalent de loin à l'attention de ses collègues.

Il est, aujourd'hui 21 avril, l'invité de la dernière promotion des commissaires pour parler des Jeux de Paris, avec l'accent de l'Île de Beauté :

« Mes jeunes collègues, faites confiance à la mémoire du vieux croulant que je suis. À Munich, en 1972, l'organisation palestinienne Septembre Noir prend en otages des athlètes israéliens dont onze sont assassinés. Cela se passe au Village olympique. Pour la première fois, le sang a coulé sur les anneaux olympiques. À Atlanta, en 1996, une bombe déposée par un extrémiste américain au Parc du Centenaire fait deux morts et 111 blessés. Depuis la vague d'attentats terroristes en France, la menace est permanente sur nos institutions et nos concitoyens, en lien avec l'islamisme radical ou avec une situation internationale fortement dégradée. »

Après une pause respiratoire, Ange reprend : « La hiérarchie, y compris notre ministre actuel, et nos hommes sur le terrain ont beaucoup appris des manifestations récentes et des suites des matchs de football, sur les Champs-Élysées et ailleurs. Ils ont beaucoup donné et beaucoup reçu, essentiellement des coups, et des critiques venant de la presse en mai 2022. La finale de la Ligue des Champions au Stade de France a vu apparaître une nouvelle forme de délinquance, la fraude massive à la billetterie, qui a généré une violence inédite entre les visiteurs. Vous allez vous colleter avec une forme de criminalité que ma génération n'a pas connue, la cybercriminalité. Pour les JO de Paris, tout doit être prévu, organisé, structuré ; aucune mauvaise surprise n'est permise. »

Ainsi s'exprimait celui que Nicolas Sarky, ancien ministre de l'Intérieur, surnommait affectueusement le « Papy de la place Beauvau ».

Pour les JO, les responsabilités sont partagées. Au Cojo, la responsabilité de la sécurité sur les sites olympiques et leurs abords, y compris au Village et au « cluster » des médias. À l'État, la sécurisation des espaces publics. Les collectivités territoriales feront leur affaire des évènements qu'elles organisent sur leurs territoires. À Marseille, par exemple, au Stade Vélodrome (football) et à la Marina du Roucas-Blanc (voile).

L'État pourra naturellement reprendre la main sur l'ensemble en cas de « crise majeure ». Ainsi est-il écrit. En attendant que survienne la crise majeure, un délégué interministériel aux JO, préfet hors cadre directement rattaché à Matignon, a en charge la cohérence et la coordination de l'ensemble.

Un groupe de hauts gradés de la Police nationale et d'officiers supérieurs de la gendarmerie se réunit chaque mois dans un lieu ultra-sécurisé pour se préparer au brûlot de la décennie, les JO. Participent aussi à ces réunions le chef du cabinet du ministre de l'Intérieur, et, selon l'usage, deux représentants nationaux des syndicats, dont mon ami Louis. Le général de la brigade des sapeurs-pompiers de Paris est là, le risque d'incendie des véhicules et des bâtiments publics est en effet particulièrement élevé. Présent aussi le directeur de la prévention, de la sécurité et de la protection (D.P.S.P.) à la Ville, garde prétorienne d'Annie Dalgo, forte de 5 000 agents à l'horizon 2024. Ce groupe analyse la menace, évalue les risques et tente d'apporter les réponses en termes de doctrine, de moyens et de budgets.

La menace a des origines diversifiées : elle est de moins en moins spontanée et revendicative, de plus en plus organisée, planifiée, encadrée et criminelle. Il y a chez certains « manifestants » une volonté de piller, de voler et de tuer. À côté des black-blocs actuels, masqués, encagoulés et vêtus de noir, dignes (si l'on peut dire) héritiers des anarchistes, les hooligans de naguère font figure d'aimables perturbateurs. Nouvelle menace à prendre en compte dans le monde nouveau, la cybercriminalité, dont la Police mesure difficilement encore les contours et les aboutissants.

Le débat s'engage, et s'enchaîne entre gradés, aussi désordonné qu'à l'assemblée générale d'un soviet post-soixante-huitard.

– Nous avons un premier sujet d'inquiétude avec la cérémonie d'ouverture à l'extérieur sur la Seine. Chacun de nous a appris à l'École de la Police qu'on ne peut raisonnablement assurer la sécurité que dans un site clos. Or la cérémonie se déroulera sur plusieurs kilomètres entre le pont d'Austerlitz et le Trocadéro, sur les berges et sur des barges, ce n'est pas un jeu de mots. Le site est accessible par une multitude de rues, sans oublier, et ce n'est pas un scoop, le risque d'incursion d'individus mal intentionnés… en bateau…

– Le parcours du « relais de la flamme », qui durera trois mois, présente autant de risques.

– Je rappelle ici, pour ceux qui n'auraient pas tout noté, que la flamme olympique nous viendra, en métropole, du Calvados ou de la Manche. Après une halte au mont Saint-Michel, elle traversera 60 autres départements labellisés « Terre de Jeux 2024 », avant d'arriver à Paris.

Un autre commissaire d'intervenir :

– Je vous en prie, Mesdames et Messieurs. Je rappelle que la cybersécurité n'est pas de notre compétence ; elle est du ressort de l'ANSII. C'est un des points de fragilité les plus sensibles pendant le déroulement des Jeux.

– Vous permettez ?

– Oui… l'Agence nationale de sécurité des systèmes d'information.

– La question que nous pose le ministre est simple : devons-nous partir des moyens disponibles pour assurer la sécurité, ou des risques à maîtriser et déterminer les moyens nécessaires à mettre en face ?

– On peut extrapoler à partir de l'effectif engagé en décembre dernier à Paris pour la finale du Mondial de football : 5 000 policiers et gendarmes sur le pied de guerre. Je pense aussi aux pompiers.

– Extrapolons, extrapolons, et c'est tout l'effectif de l'armée française qu'il faudra mobiliser, avec hélicoptères et véhicules blindés. Seule la Marine nationale ne sera pas engagée. Et encore, il y aura la Seine…

– Pour ce qui est du seul bouclage des entrées et sorties des 185 kilomètres des voies olympiques, le calcul est vite fait, il nous faudrait 20 000 hommes.

– Il nous revient des professionnels de l'assurance que les compagnies ne couvriraient pas le risque « incendies-émeutes » en cas d'incendies de véhicules ; l'État envisage d'adopter un système « catastrophe olympique » comparable au dispositif actuel qui indemnise les catastrophes naturelles.

On peut être policier et non dénué du sens de l'humour. Un filet de voix au fond de la salle émanant d'un petit plaisantin, sous les rires étouffés :

– Si tous les véhicules stationnés partent en fumée, Annie Dalgo aura réalisé, d'un seul coup d'un seul, le programme de sa mandature : « Paris, automobiles zéro ! ».

– Le Village olympique mérite une vigilance particulière, souvenez-vous de Munich. On ne peut pas mettre un de nos collègues derrière chaque athlète.

– L'Élysée attache une importance particulière au « cluster » des médias. Le moindre incident qui toucherait un journaliste, et la presse se déchaînerait contre nous.

– La protection des personnalités nationales et des délégations étrangères mérite un traitement particulier. C'est l'image de la France dans le monde qui est en jeu.

Louis est invité à prendre la parole, en qualité de syndicaliste.

– Même si la chose me gêne un peu aux entournures, nous ne pouvons pas exclure le recours à des sociétés privées de surveillance.

Mouvements divers. Il y a quelques juristes dans la salle de réunion.

– Il faudrait dans ce cas une loi d'exception, ou, si vous

préférez, une « loi olympique », comme on dit à présent, qui élargisse beaucoup les possibilités d'assermentation que permet le décret 2022-777 du 3 mai 2022.

La réunion touche à sa fin. Louis a le temps d'ajouter quelques mots.

– Dans une configuration sécuritaire optimale, il devrait y avoir plus de policiers en civil dans les gradins que de spectateurs payants. Et dans Paris, plus de véhicules de la police ou de l'armée que de Parisiens aux volants.

– Oui, notre époque aura inventé « Les olympiades de la police ».

– Un dernier mot, si vous le permettez, Monsieur le chef de cabinet : le rapport de la Cour des comptes qui vient d'être présenté au Parlement nous presse fortement d'établir avant la fin du premier semestre 2023 le plan global de sécurité des Jeux.

– Ça ne m'a pas échappé. La Cour des comptes nous recommande aussi de veiller à l'équilibre entre la couverture des besoins pour les Jeux et ceux de la sécurité de l'ensemble du territoire français, à Guingamp comme à Pézénas par exemple.

– N'oublions pas, Mesdames et Messieurs, qu'il y aura des compétitions dans la plupart des grands stades de province, sans oublier la voile à Marseille. Marseille ouverte sur la Méditerranée, avec ses problématiques particulières en termes de sécurité.

– Si les terroristes ont la mauvaise idée de faire parler d'eux, ce sera plus sûrement à la marina du Roucas-Blanc, à Marseille qu'à Teahupo'o.

– Le ministère de la Justice n'est pas représenté dans ce groupe et c'est fort dommage. Que ferons-nous des individus éventuellement interpellés, par dizaines, voire par centaines, s'il n'y a pas de juges ou de prisons pour les réceptionner ? Le Tribunal de Bobigny appelle déjà au secours. Je cite : « La Justice en Seine Saint-Denis n'est pas en mesure d'absorber le surcroît d'activité lié aux Jeux olympiques. Les Jeux entraîneront nécessairement une augmentation de la délinquance d'opportunité et une recrudescence de la délinquance classique ».

Les visages se crispent. Chacun se gratte la barbe ou la chevelure. Un commissaire divisionnaire, chenu, blanchi par les années de filatures, à l'accent rocailleux du sud-ouest, ose dire ce que beaucoup pensent tout bas :

– On disposera, espérons-le, d'un stade ou d'une enceinte close, pas trop loin de Paris, si besoin est, pour la rétention des malandrins pris en flagrant délit. Si nous devons embarquer une horde sauvage, il faudra bien la déposer quelque part.

– Dois-je rappeler, Monsieur le commissaire divisionnaire que les stades sont faits, en priorité, pour accueillir les épreuves sportives. Nous ne sommes pas au Chili, à l'époque de Pinochet.

Le général commandant la Gendarmerie mobile demande à prendre la parole :

– Je m'exprime ici sur instructions de mon ministre, celui de la Défense. L'état-major s'interroge sur les conditions de logement à Paris des gendarmes et autres militaires pendant les Jeux. Le ministère fait une proposition globale : ériger le 14e arrondissement de Paris, en « Zone spéciale de défense olympique » (Z.S.D.O.).

Sur cette zone :

– la Cité universitaire internationale du boulevard Jourdan, qui loge en temps normal 6000 étudiants, pourra accueillir 18000 de nos hommes, à raison de trois par chambre,
– dans le parc Montsouris, à l'aide du matériel récupéré de

l'opération Barkhane, au retour du Mali, seront installés un hôpital militaire de campagne et des tentes pour 20 000 soldats,

- enfin, il nous reste les Catacombes, à Denfert-Rochereau, dont les capacités d'accueil sont illimitées. Il suffit d'un pain de plastic judicieusement placé pour accéder depuis les Catacombes à tout le réseau du métro parisien.

Un bon connaisseur du quartier croit bon d'ajouter :

– N'oubliez pas, mon général, dans le 14e arrondissement, la prison de la Santé et ses 920 places. Si on libère les détenus, vous pourrez y loger, dans de bonnes conditions de confort, 3 000 gendarmes mobiles, à raison de six par cellule. Et puis… des gendarmes en prison, c'est toujours du meilleur effet pour la presse de gauche.

– Ces excellentes propositions seront portées dans notre compte rendu, conclut le président de séance.

Le mot de la fin, curieusement, revient à Louis :

– Les policiers naturellement feront leurs devoirs, et les militaires seront dignement logés, mais la priorité pour les syndicats que je représente, c'est la sécurité de nos effectifs. Pas un seul policier, gendarme ou pompier ne doit tomber sur le champ d'honneur olympique.

– C'est bien noté. Je vous remercie.

Louis, infatigable quand il s'agit de protéger la veuve, l'orphelin ou l'argent du contribuable, lève la main.

– Si vous permettez encore, Monsieur le directeur, j'ai amené avec moi quelques photocopies du rapport de la Cour des comptes que mon syndicat vient de recevoir. Six pages nous sont consacrées.

– Oui, la Cour des comptes insiste, et c'est sa mission première, sur la nécessité de chiffrer le coût des Jeux, même si, au final, c'est le contribuable qui paye.

– Le budget initial du Cojo prévoyait une dépense de 200 millions d'euros pour la sécurité des Jeux. Un chiffre bien trop rond pour être parfaitement honnête.

– Le rapport nous demande, en effet, de chiffrer le coût de la sécurité de la cérémonie d'ouverture et du parcours de la flamme, qui ont été omis dans la première maquette budgétaire du Cojo, coût considéré bien à tort comme négligeable.

– Sur ces paroles encourageantes, la séance est levée.

C'est un expert du monde du travail qui s'exprime dans *Le Journal du Dimanche*, Bertrand Hibault. Redoutable leader de la CGT pendant des années, il est aujourd'hui membre du conseil du Cojo :

– Je l'ai dit et je le redis : nous ne disposons pas aujourd'hui des effectifs suffisants pour assurer la sécurité des Jeux.

Le nerf de la paix (olympique)

Si l'argent est le nerf de la guerre, ici, c'est le nerf de la paix olympique.

Jeanne, comme Malika, comme des millions de mères de famille (et quelques pères de famille, aussi !) n'ont pas manqué d'observer qu'à ces Jeux l'argent coule à flots. Même si nul n'en connaît précisément la source. Ni d'ailleurs la destination. Pas de difficultés en tout cas, ni avec les banques, ni avec la Banque Centrale Européenne, ni avec Bercy. Quand ça coule à flots, ça coule à flots, et circulez, s'il vous plaît, y a rien à voir. C'est le « quoi qu'il en coûte » réinventé pour la noble cause des Jeux.

Nous refaisons le monde, en ce dimanche 23 avril, au café du Commerce avec Chérif, Albert et Marcorel. C'est devenu une habitude, une vilaine addiction, peut-être. Les enfants, Edmond et Arlet de mon côté, Lifa et Hamid pour Chérif, sont occupés ailleurs, Dieu seul sait où.

Je pose naïvement la question à Albert, qui est allé à l'école :

– La planche à billets est-elle devenue la dernière discipline olympique ? Si c'est le cas, la France a toutes les chances de décrocher la médaille d'or.

Albert se penche vers moi avec une condescendance bienveillante et l'indulgence de celui qui sait, vis-à-vis du bougre qui ne comprend rien.

– Mais, mon pauvre (c'est le cas de le dire) Pierre, la planche à billets n'existe plus depuis l'euro. Il faut chercher du côté des impôts que tu payes, de la dette publique dont nous laisserons la charge à nos enfants. Les contributions des sponsors sont indexées sur l'audience et l'impact des spots publicitaires, la billetterie sur la présence des gogos dans les gradins et les tribunes, le produit de la vente des Phryges, c'est du pipi de mascotte en chiffon. Sache que l'État s'est engagé à couvrir tous les déficits, à éponger jusqu'à la dernière goutte toutes les factures.

– Si je peux me permettre, chers amis, c'est la fameuse formule « Les Jeux financent les Jeux » ?

– Encore une formule vide sortie du chapeau d'un communicant à la solde d'Annie Dalgo. Des formules sonnantes comme celles-là, je peux t'en trouver trois par jour. Jeanne ou Malika n'iront pas payer leur pain ou leur épicerie en balançant de telles formules tonitruantes.

Je continue, pour étaler devant mes amis l'étendue de ma modeste culture :

– Après *1984*, du prophétique George Orwell, nous allons avoir *2024*, avec ses Jeux, son scénario de l'Apocalypse et tous les anges déchus qui picorent les dernières miettes du festin.

Chérif intervient timidement, pour ne pas laisser d'espace vide :

– Il vaut mieux picorer avec les pontes des JO que crever de faim avec le peuple.

– Vous lirez, chers amis, si vous avez le temps, le rapport de mes anciens collègues de la Cour des Comptes. Vous y trouverez formulés, sur 130 pages, des interrogations, des doutes, des supputations, des incertitudes, des inquiétudes aussi, et des incantations qui appellent toutes à mieux faire.

À mon tour de dire un mot :

– J'ai lu ce pensum, figurez-vous. Il aurait pu être titré : « Comment les Jeux tuent les Jeux », mais il ne faut pas désespérer Marianne, ma mère, ma sœur, ma femme, ma fille, qui a tant pleuré.

Pour vous mettre en appétit, lisez donc le passage consacré à la Solideo.

Il est un chantier emblématique qui a fait le bonheur des médias parisiens, le 29 octobre 2022, lors de la « navigation » sur la Seine de la grande passerelle du Village olympique. Cette passerelle de 140 mètres de long, de 16 mètres de large, posée sans pilier, relie désormais les deux quartiers du Village olympique, Saint-Denis et l'Île Saint-Denis. Les boute-en-train de la Cour des Comptes ont noté dans l'annexe 8 de leur rapport, page 120, que le coût de ce « Franchissement » est passé, entre 2018 et 2022, de 22,1 millions d'euros à 32,1 millions d'euros, soit une explosion de 45,2 %.

Jeanne et Malika ont matière à s'indigner en terminant la vaisselle dominicale.

Le montant des travaux sur la colline d'Élancourt (épreuves de VTT) est passé dans le même temps de 6,3 millions d'euros, à 11,1 millions d'euros, en progression de 76,2 %.

Que nos amis marseillais ne s'inquiètent pas. Le pouvoir ne les a pas oubliés dans ses largesses : le coût de la Marina du Roucas-Blanc (voile olympique) passe de 25 millions d'euros, à 38,7 millions d'euros, soit un dérapage de 54,8 %.

Il n'y a rien par contre dans cette annexe, aucun chiffre, et chacun le regrettera, sur les équipements de Teahupo'o, oui Teahupo'o, à Tahiti. Faut-il en déduire que tout s'arrangera là-bas avec quelques noix de coco et deux ou trois sacs de sable ?

Mon frère Marcorel, philosophe et poète toujours désargenté, mais fin observateur, fait remarquer que les seuls chantiers dont le coût n'a pas explosé sont ceux qui n'ont pas encore commencé. Mais, peut-on lire entre les lignes de la Cour des Comptes, c'est de mauvais augure pour le respect des délais, et pour le respect des budgets. Le mécanisme est bien connu, même par Marcorel : quand on traîne sur la réalisation des chantiers, la facture n'en est que plus élevée à la fin des travaux.

Rien, dans ce rapport austère, n'a échappé à Albert :

– Les seuls budgets qui ont baissé, ou plutôt qui ont été siphonnés, sont ceux des réserves pour aléas, imprévus ou compléments, ce qui est assez inquiétant.

Un brin vachard, Albert surligne, pour me faire mal, les frais de structure (salaires et frais généraux) qui progressent de 18,2 %, en passant de 104 millions d'euros à 122,9 millions d'euros.

– Il faut bien vivre, que diable !

Le Cojo fonctionne en « open bar », avec la même efficacité.

L'État s'est engagé – tout bonnement – par lettre du Premier ministre auprès du CIO, le 30 janvier 2017, à garantir le financement de tout éventuel déficit budgétaire du comité d'organisation. À hauteur de 3 milliards d'euros pour l'instant, sachant que cette garantie prendra fin le 30 juin 2027.

Notre édifice institutionnel en est tout secoué : que reste-t-il du vote du budget de l'État par le Parlement, du caractère prévisionnel et limitatif de ce vote ? Par la magie d'une lettre du Premier ministre adressée à une ONG domiciliée à Lausanne, nous avons, citoyens français et gentils contribuables, changé de paradigme.

Chérif, que tout cela intrigue, sort de sa poche un petit carnet.

– Comparaison n'est pas raison, certes, mais tout de même ! Le budget des Cojo locaux était de 2,38 milliards de Livres pour Londres, de 2,6 milliards d'euros à Rio et de 3,4 milliards de dollars pour Tokyo. Le tarif de mes courses n'a pas suivi la même évolution.

J'ai du mal à contenir Albert :

– L'impudeur ici ne connaît pas de limites. En annonçant triomphalement des Jeux sobres et d'un coût maîtrisé, le premier budget du Cojo, en mars 2018, s'inscrivait à 3,8 milliards d'euros. Depuis, les révisions budgétaires succèdent aux révisions budgétaires.

Marcorel, pourtant philosophe et poète patenté, que j'ai connu plus éloigné des chiffres, se lance à son tour dans la bataille des milliards, avec la même ardeur que si une médaille d'or était en jeu.

– La dernière révision en date, celle du 12 décembre 2022, porte la douloureuse du Cojo à 4,38 milliards d'euros. On rajoute donc en douce un peu plus de 400 millions d'euros. C'est la faute, c'est bien connu, à l'inflation, à la guerre en Ukraine et à quelques coûts sous-estimés ou mal maîtrisés. En ajoutant le budget de la Solideo, à 4,3 milliards pour l'instant, la facture globale des JO de Paris pourrait donc s'établir à 8,7 milliards d'euros, contre 6,8 milliards projetés en 2019.

Jeanne et Malika nous rejoignent au bistrot. Les oreilles de Malika traînaient sur notre table :

– Vous dites que la dernière dérive du budget du Cojo est de 400 millions d'euros…

– Oui, un peu plus, si j'ai bien compris, répond Chérif…

– La contribution du gouvernement français à l'aide humanitaire en Syrie et en Turquie, où on compte 40 000 morts, est de 15 millions d'euros !

Chérif essaie de faire face :

– Tu sais, Malika, c'est pas les mêmes millions et c'est pas les mêmes euros.

– Ah, bon ?

Mes fins de mois sont de plus en plus difficiles – surtout à partir du 15, aurait complété Coluche –, ce qui ne m'empêche pas de jongler fiévreusement avec les milliards :

– Encore un effort, camarade, et nous allons y arriver ! On approche à petits pas des 15 milliards annoncés par quelques prophètes tourmentés.

Albert, l'ancien de Bercy, n'ignore pas qu'avec 15 milliards d'euros on pouvait reconfigurer tout le réseau de transports publics du Grand Paris, qui en a bien besoin. Il est aujourd'hui d'humeur badine.

– Mais enfin, Pierre, il faut bien que le bon peuple se divertisse, et aujourd'hui, pour 4 milliards d'euros, t'as plus rien. C'est l'inflation, tout de même.

Marcorel s'efforce d'élever un peu le débat. Et il s'envole :

– Nous sommes, mes bons amis, dans le métavers, le cœur palpitant du monde virtuel. Ces Jeux sont la première manifestation de grande ampleur du nouveau monde, celui de l'intelligence artificielle, des algorithmes, des modèles économétriques, des équations différentielles.

On a rentré quelques données dans le système puis on a fait mouliner la machine. Au premier bug on va se retrouver avec plus de sportifs dans les stades que de spectateurs et beaucoup moins de recettes dans les caisses que de factures à payer.

On ne les attendait pas :

– Amen, lance soudain mon fils Edmond à la cantonade. Voilà, les athlètes de la pensée en pleine ébullition, les médailles d'or de la critique !

Dans un brouhaha de rires et de chaises déplacées, les jeunes, bras dessus bras dessous, sont entrés dans le bistrot et s'installent à notre table. Je lance un regard en coin à Chérif. Chérif me lance un regard en coin.

– Si vous le voulez bien, venez tous déjeuner dimanche à La Courneuve. Malika a l'intention de nous préparer un couscous royal selon les recettes du bled. Et Lifa nous chantera La Marseillaise. Nous avons droit en ce moment à trois répétitions par jour.

Pendant que les parents et les enfants devisent innocemment, se tient à l'Hôtel de Ville une réunion du Comité de suivi financier des Jeux, créé pour la circonstance. Un comité de plus dans la constellation comitologique. On ne sait jamais, n'est-ce pas, les JO pourraient peut-être avoir un impact sur les finances de la Ville.

Dans ce comité financier, Alphonse Alouest, en charge des nouvelles technologies auprès de la maire, s'accroche au micro.

– La question du financement des Jeux est un faux problème, soulevé par les adversaires irréconciliables de notre maire. Nous avons la solution devant nous. Osons prendre le chemin de l'avenir.

Silence attentiste dans les fauteuils.

– Il faut résolument adopter la crypto-monnaie. Et nous avons le choix entre la Memag, la FightOut, la Dash2Trade, sans oublier la plus verte de toutes, je pense à nos alliés écologistes, l'IMPT Token.

Et de poursuivre :

– Le mécanisme de fonctionnement est élémentaire : les financeurs des Jeux et le public apporteront des crypto-monnaies et le Cojo et la Solideo régleront leurs prestataires en tokens.

– Puis-je me permettre ? intervient Rachid Hadati, toujours sur le front.

– Quel sera le prix en crypto-monnaies, pour celui qui veut acheter une Phryge pour faire peur à ses amis, par exemple ?

– Ça dépend de la crypto-monnaie qui sera choisie. Si nous retenons par exemple le Bitcoin, ça fera…

Le facétieux conseiller du 13e arrondissement, médaille d'or de la calculette, lance alors, pour rompre un suspense insoutenable.

– Si la peluche est affichée 25 euros, cela fera au taux de change d'aujourd'hui : 0,00131008 bitcoin.

– Somme qu'il aura naturellement dans sa poche, conclut Rachid Hadati, sous les huées de la majorité municipale.

Mes amis contribuables sont fascinés par la billetterie, comme d'autres le sont par les machines à sous. Albert donne le la :

– La politique tarifaire c'est l'équation impossible. Soit tu vises l'effet de volume au détriment du chiffre d'affaires, soit tu essaies de consolider le chiffre au risque de perdre du volume. La politique des packs en est l'exemple : les JO vendent un pack pour 6 personnes à un prix dérisoire pour attirer six spectateurs tandis que les tarifs unitaires sont dissuasifs. Le Cojo a sacrifié en rase campagne le chiffre d'affaires, au profit d'un public nombreux dans les gradins.

Louis, toujours sociologue, confirme :

– Il faut du monde dans les tribunes pour l'image publique des Jeux et l'avenir personnel des organisateurs, pour les médias, pour satisfaire les annonceurs de publicité et les sponsors qui sont les mêmes.

Marcorel est sur son terrain :

– Qu'importe le montant des recettes puisqu'au bout du compte l'État financera les déficits. Ces Jeux ont été montés comme une machine infernale, faite pour péter à la face de tous.

J'apporte aussi mon grain de sel, indispensable à tout bon débat :

– La Ville de Paris distribuera des subventions aux associations sociales, pour que celles-ci achètent des billets à leurs adhérents qui accéderont ainsi aux compétitions sans bourse délier. Ces subventions seront portées au crédit de la politique sociale de la Ville. In fine, les entreprises partenaires subventionneront leurs comités d'entreprise pour que ceux-ci achètent des tickets d'entrée et les distribuent aux salariés. Ces subventions viendront en déduction de l'impôt sur les sociétés des entreprises ; c'est donc Bercy qui payera la note du manque à gagner fiscal.

Le dernier mot revient, provisoirement, à Marcorel :

– Le distributeur automatique et gratuit de tickets pour les Jeux, voilà l'avenir. Et tout ceci vêtu de couleur pourpre et de lin blanc, avec les formules usées de Jeux populaires, ouverts à tous, dans la grande tradition des embobineurs de toujours. À vouloir à la fois le beurre et l'argent du beurre, le Cojo s'expose à n'avoir en fin de compte ni le beurre ni l'argent du beurre.

La billetterie, il faut m'expliquer

Pour la billetterie, la situation s'éclaircit partiellement au printemps 2023 ; il n'y a pas de temps à perdre.
Le Cojo encaissera des recettes considérables. Le chiffre d'affaires des billets atteindra, affiche-t-on, 1,1 milliard d'euros. Ce qui représente 14 millions d'entrées payantes, Annie Dalgo les a comptées; et un taux de remplissage des équipements pendant les compétitions de 80 %. Soit 0,175 % de la population mondiale, la chose est à portée de main.

Je dispose d'une valeur de référence : « C'est l'équivalent de la population de la Belgique et du Luxembourg enfin réunis. Enfantin, mon cher Watson. Il suffit d'inviter le roi, la reine, le petit prince et toute la population de Belgique, et d'installer ce petit monde au camping du bois de Boulogne. »

Mais quand il s'agit de passer à la phase pratique, la plaisanterie n'est plus de mise, et, mes bons amis, commentateurs de talent par ailleurs, déclarent forfait.

Chérif me sort d'affaire : « Tu n'as qu'à demander aux enfants, ils sont plus forts que nous en informatique. »

Pour Tahiti et l'épreuve de surf, il vaut mieux commencer par réserver une place sur un vol.

Il me faut un aller-retour ; je ne vais pas regarder la vague de Teahupo'o jusqu'à la fin de mes jours. Le meilleur tarif est à 1 205 euros, avec à l'aller deux escales, à Amsterdam et à Los Angeles, et une durée de voyage de 32h50. Le spectacle de surf à Titipoucaca est interdit aux claustrophobes. Les pontes du Cojo, de la Solideo et des médias voyagent en première classe pour le prix de 8 876 euros. La République est riche et dispense généreusement à ses enfants ses moyens illimités.

Pour l'hébergement, ne le répétez pas, j'ai fait le choix de l'indigène, la vahiné, en espérant, mais rien n'est sûr, que ce sera la formule la moins onéreuse. J'improviserai sur place avec mon collier de fleurs, le tiaré, autour du cou, au son de l'ukulélé. J'ai déjà acheté la chemise à fleurs et une paire de tongs sur Amazon.

L'accès aux épreuves est gratuit : il suffira de monter sur un cocotier et de balayer l'horizon du regard.

Pour les compétitions en métropole, la situation est plus compliquée. Je rassemble donc les quatre enfants autour de six pizzas grand format et de huit canettes de bière. Avec un peu de chance, les enfants me laisseront bien une petite part de pizza. Il faut reconnaître, à la décharge des organisateurs, qu'il n'est pas facile de rendre simple un système qui compte autant de variables :

Disciplines	une soixantaine, en comptant les différents formats pour le cyclisme, l'athlétisme, les sports équestres, le skate-board, etc.…

Sessions	plusieurs centaines
Genres	hommes et femmes
Sites	une quarantaine
Journées	18, sans les Jeux Paralympiques
Groupes	entre amis à 6, en famille, en couple, individuel

La solution recommandée par le Cojo est celle du «pack»; le spectateur perd en liberté ce que l'organisation gagne en simplicité de gestion.

Ainsi, s'il faut proposer un exemple au lecteur de ce guide pratique, celui d'un Pack pour un groupe de six amis, vous pourrez acheter, dans le même pack:

- Six billets de catégorie A pour la session des matchs de poules / Hommes / Rugby à 7.
- Six billets de catégorie B pour la session des quarts de finale / Femmes / Handball.
- Six billets de catégorie C pour la session des éliminatoires / Femmes / Football.

Et cela coûtera combien? Hamid répond sans hésiter: «250 euros... Mais attention, 250 euros pour 6 amis, soit 42 euros par ami, ce qui n'est pas exorbitant.»

L'acheteur doit auparavant vérifier la compatibilité dans le temps de son pack. Dans ce cas précis, il n'y a pas de problème, assure Lifa: Rugby à 7: les 24 et 25 juillet, Handbal: le 6 août, toute la journée, en 4 sessions, Football: les 25, 28 ou 31 juillet.

Puis la compatibilité du pack dans l'espace, valide Edmont: Rugby à 7 au Stade de France: Handball à Lille, Football à Saint-Étienne.

Derrière le paravent de la grille tarifaire et du charme de ses tirages au sort se profile le mécanisme des

« hospitalités », comme on dit aujourd'hui. Le client peut aussi s'adresser directement à une agence spécialisée qui lui vendra un autre « pack » lequel intègre à la fois le coût du transport, l'hébergement et l'accès aux compétitions. La même entreprise américaine, « Sporting Incorporated », a ainsi acquis à forfait un pourcentage significatif de la billetterie pour transformer le tout en « hospitalités ». Mais ici, business is business, circulez, faut pas regarder ; les « hospitalités » n'ont pas de place dans la doxa humaniste servie au bon peuple par Annie Dalgo.

« Disclaimer » / Clause de non-responsabilité : Ce guide pratique n'est pas contractuel et n'engage pas les Éditions Glyphe.

Avant de saisir sa carte de crédit, le candidat à l'achat de tickets doit franchir le parcours du combattant des tirages au sort, dans le tirage au sort des tirages au sort. L'air de dire au chaland : « Vous avez réussi à avoir une place pour candidater au tirage au sort de la finale de VTT, ami. Félicitations, vous avez beaucoup de chance. Nous sommes submergés par les demandes de billets. Dépêchez-vous de présenter votre Carte Visa ». Faire croire à la rareté pour susciter l'engouement et faire avaler le prix ; c'est la vieille astuce des marchands de soupe, depuis que la soupe existe.

J'ai donc franchi avec succès un premier tirage au sort, ce qui m'autorise à affronter le deuxième tirage au sort. Ensuite viendra le troisième tirage au sort, avant que je ne sorte de la poche, heureux élu du destin, la carte de crédit. L'honnêteté intellectuelle m'oblige à reconnaître que, pour les concepteurs de cette usine à gaz, la tâche n'était pas facile. Mais combien d'individus à peu près normalement célébrés, peuvent-ils consacrer des heures à tenter de décrypter le système ? « Quatorze millions », répond Annie Dalgo, qui fait appel à un huissier pour brancher son ordinateur.

Les enfants sortent ensemble ce soir. Jeanne a observé que la chose est de plus en plus fréquente et que les sorties sont de plus en plus longues. En franchissant la porte, Lifa me lance ce conseil avec désinvolture : « Beau papa, il te faut installer Excel, en version XXL, si tu veux acheter des billets pour les Jeux ! »

Je n'ai rien entendu.

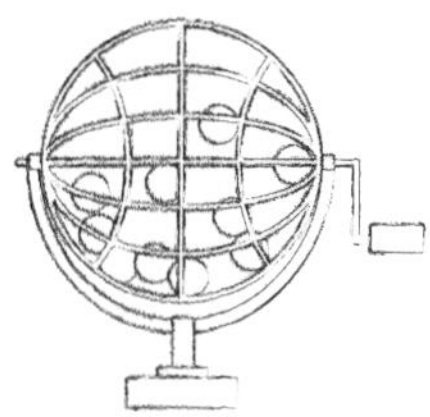

Troisième partie

Rien ne va plus !

SELON L'ECCLÉSIASTE, « Après le temps de la préparation vient le temps de l'action. » La préparation qui a duré cinq ans se conjuguait à tous les temps : le passé et parfois le futur de notre espérance collective. Rarement au conditionnel : tout était possible, tout était permis. Il suffisait d'écouter le verbe présidentiel ou le baratin d'Annie Dalgo.

L'action, qui démarre en ce mois de mars 2024, se conjugue à l'indicatif présent.

Le parcours tortueux de la flamme olympique

Annie Dalgo a promis, à l'occasion des Jeux de Paris, de faire voyager les Français. Promesse tenue.

Loin de la capitale, sous le soleil des Antilles, le relayeur, porteur de la Flamme olympique, marque un arrêt minute devant la tombe de Johnny Halliday à Saint-Barthélemy. Car Johnny est toujours présent dans notre cœur de Français. C'est sûr, Johnny aurait adoré les JO de Paris. Il aurait constitué un magnifique duo avec Lifa Feraoun, pour interpréter La Marseillaise au bord de la Seine, à la cérémonie d'ouverture.

Ils auraient pu dénoncer d'une seule voix :

« Ces féroces athlètes étrangers
Qui viennent jusque dans nos bras
Égorger nos fils et voler nos médailles. »

Mais laissons la nostalgie au vestiaire.

La Flamme visite douze départements et territoires d'outre-mer, dont Mayotte, Wallis et Futuna, Saint Pierre et Miquelon, la Polynésie française, sans oublier les Terres Australes et Antarctiques Françaises (Kerguelen et la Terre Adélie). C'est le résultat d'un combat homérique au Cojo entre les défenseurs d'un budget raisonnable, pitoyables comptables, et les survivants toujours à la manœuvre du « Quoi qu'il en coûte ! ».

Sont passés tristement aux oubliettes l'îlot de Clipperton, dans l'océan Indien, et les îles Éparses (Tromelin et quelques autres) dans le Canal du Mozambique. Les esprits mesquins objectent que ces dernières sont vides de toute population ; c'est faire fi un peu vite de la présence en grand nombre sur ces îles de pingouins et de cormorans, composantes essentielles, au même titre que l'homme, de la biodiversité qui fait la richesse de notre planète.

Les historiens s'indignent que la Flamme Olympique ne traverse pas le Canada et la Louisiane, anciennes colonies françaises, alors que nous n'avons pas à rougir de l'héritage laissé là-bas par nos ancêtres. Les cinq comptoirs des Indes, également, souvenirs d'exercices d'entraînement de la mémoire, à l'école primaire. Faut-il rappeler ici aux oublieux ces noms illustres ? Pondichéry, Chandernagor, Mahé, Karikal et Yanaon. Ces noms qui fleurent bon à nos papilles le poivre rouge et le clou de girofle.

Mais, laissons, encore une fois, la nostalgie au vestiaire.

Sur le plan pratique, les organisateurs ont dû miniaturiser la Flamme, les feux ouverts étant interdits (on se demande pourquoi) dans les avions. Elle a ainsi pris la forme d'un briquet, plus commode à transporter, plus facile à mettre dans la poche d'un survêtement. Encore un « goodies », fabriqué par un partenaire des Jeux, la société Hic, dont les ventes renfloueront le budget du Cojo.

En métropole, plus de 70 départements doivent et peuvent débourser 150 000 euros pour avoir droit, chez eux, au spectacle labellisé. Ainsi la Meuse accueillera la Flamme à Verdun entre mai et juillet 2024.

Ce n'est pas le cas de la Creuse qui considère que la facture devrait être proportionnelle à la population du département et observe que les 150 000 euros réclamés ne couvrent qu'une faible partie des frais de l'opération. C'est en effet la partie émergée du coût du passage de la Flamme, si l'on veut bien prendre en compte la sécurité, les animations et les manifestations connexes. La Flamme n'illuminera donc pas les rues de Guéret.

Même posture, un peu plus au sud, dans l'Aveyron, où l'on connaît la valeur du travail et de l'argent; les organisateurs réclament 180 000 euros pour le prix de l'animation, montant jugé « exorbitant » par les autorités locales. Ainsi la Flamme ne visitera pas les hauts plateaux austères de l'Aubrac, ni les grands causses désertiques, ni les vallées luxuriantes où coulent en abondance le fromage de Roquefort et le miel. Avant sa disparition, Pierre Soulages, l'enfant du pays, avait été sollicité par le Cojo, pour créer l'affiche officielle des Jeux. Son projet, hélas, est resté dans les cartons : une belle affiche noire, avec des caractères noirs, sur fond noir. Tout à fait dans l'esprit des JO de Paris.

Le Tarn tout proche est sur la même ligne. Le président du Conseil départemental se lâche, sans langue de bois : « Le montant demandé est inadmissible, contraire à l'état d'esprit des Jeux olympiques. S'il ne s'agissait pas des JO, je parlerais de racket. Les Jeux sont censés véhiculer des valeurs plus dignes autour du sport et de l'olympisme. »

D'accord, votre Honneur, mais il s'agit bien des JO et l'édile local parle bien de « racket ». Et le président du Tarn de sortir l'artillerie lourde, avec les arguments que personne n'attendait : « Dans un contexte post-covid, les Tarnaises et les Tarnais subissent de plein fouet les conséquences économiques de la guerre en Ukraine (hausse record des prix du carburant, inflation générale des prix, notamment des énergies). Payer une telle somme pour le passage de la flamme serait incompréhensible et déraisonnable. »

Les pompiers des Services de secours, et ils n'ont rien d'autre à faire, escortent la flamme sur son parcours. On ne sait jamais, elle pourrait prendre feu.

La conversation avec les enfants est rude pour les anciens du *shadow-committee* présents autour de la table. Arlet passe à l'offensive :

– Les Tarnais comme les Aveyronnais sont des égoïstes, engoncés dans le « et moi, et moi ». Ils ne comprennent pas que seuls les Jeux peuvent nous sortir de la situation dans laquelle ta génération, papa, nous a mis.

Hamid, toujours en phase avec Arlet, ce qui ne m'a pas échappé, en rajoute :

– Que pèsent 180 000 euros, quand il s'agit de sortir la France de la morbidité ambiante ?

Edmond est plus perplexe :

– S'il suffisait de 180 000 euros, on le saurait ; je crains que la facture soit beaucoup plus salée.

Lifa explose joyeusement et sans donner l'impression d'y croire :

– Qu'on fasse payer les retraités, qu'on ponctionne les vieux ; en France, on connaît la solution : il faut faire payer les riches, nom d'un petit bonhomme !

– Tais-toi Lifa, et si tu veux bien, va répéter la Marseillaise ! lui jette Edmond pouffant de rire.

Cette connivence entre les jeunes commence à m'interpeller. Et si les Jeux, ceux de Pierre de Coubertin, n'étaient qu'un prétexte à la gaudriole ?

Jeanne observe aussi les jeunes gens, perdue dans ses souvenirs de jeunesse au village, le jour de la fête votive, pour la Saint-Maurice, quand le curé de la paroisse bénissait les petits pains au lait destinés aux enfants :

– 180 000 euros, c'est tout de même cher pour une kermesse. J'espère qu'il y aura de la barbe à papa pour tout le monde.

Les DOM-TOM n'ont pas ces soucis de financement ; le délégué interministériel aux JO a demandé aux préfets ultramarins de prendre tout en charge, sur le budget de l'État. Il faudra peut-être pour cela, « horresco referens », créer un nouvel impôt « Spécial Flamme olympique », à la charge des retraités.

Personne ne conteste ce parcours planétaire dans une France caractérisée par sa diversité géographique, mais il faut tout de même que la Flamme parvienne un jour à Paris, de préférence à l'heure dite, afin que démarre la cérémonie d'ouverture. C'est à Cherbourg, port d'arrivée des DOM/TOM et centre de gravité des départements métropolitains qu'est donné le top départ pour Paris, en ce lundi 20 mai 2024. Avec des retards inévitables en raison de la perte en rase campagne de quelques relayeurs. Les représentants des Alpes de Haute-Provence et ceux des Ardennes ne comprennent pas pourquoi il faut passer par Cherbourg avant d'atteindre la capitale. Mais les organisateurs, dans leur sagesse, ont fait le choix de la route la plus directe et de la solution la moins onéreuse.

Les relayeurs du dernier tronçon traversent ainsi la Manche, le Calvados, la Seine-Maritime et l'Eure sous les ovations des enfants des écoles, jusqu'aux vacances scolaires seulement, puis sous les applaudissements de quelques employés municipaux, gendarmes et pompiers, libérés de leur service pour faire l'ambiance. Les accompagnateurs de l'organisation, volontaires dûment stipendiés, proposent à la vente les articles vedettes de la boutique, à commencer par les Phryges soldées à 10 euros. Le problème du marché des Phryges, c'est que les bateaux continuent d'affluer de Chine, les cales pleines des sympathiques mascottes, sans trouver d'acheteurs. À ce rythme, le siège du Cojo court le risque d'être noyé demain sous une montagne de Phryges.

La fièvre monte à l'approche de Paris, entretenue par quelques figurants volontaires. Le comité de la flamme s'est résolu à emprunter depuis Mantes l'autoroute de l'Ouest, fermée pour l'occasion à la circulation. La tour Eiffel, image entre toutes de la Ville lumière, se profile au bout de l'interminable et lugubre tunnel de Saint-Cloud.

La place de la République est l'endroit idéal, éminemment symbolique, prévu de longue date pour accueillir le dernier relayeur porteur de la Flamme venue d'on ne sait où : Mamoudzou (Mayotte) peut-être, Mata-Utu (Wallis et Futuna) éventuellement, ou Romorantin (Loir-et-Cher) plus sûrement. Hélas, la place de la République est occupée depuis des mois par une nuée de tentes de couleur bleue, abritant plusieurs centaines de migrants originaires de pays dont l'ambition première n'est pas le nombre de médailles à décrocher aux Jeux de Paris.

La place de la République n'est pas adaptée à la prise d'images vendues à prix olympiques (le « prix olympique » correspond au « prix d'or » multiplié par cinq) à des centaines de chaînes.

Le cabinet de la maire a été formel : « Ce n'est pas la couleur bleue qui risque de faire tache ; mais plutôt les gens qui vivent sous les tentes. » Annie Dalgo, en politique avertie, ne veut pas courir le risque qu'un militant associatif, défenseur des migrants, dénonce à la face du monde le traitement approximatif infligé à certains, à quelques centaines de mètres de la Seine. Alphonse Alouest, le conseiller multicartes de la maire, a proposé d'installer la Flamme olympique sous l'Arc de Triomphe, en remplacement de la Flamme du soldat inconnu. Cette idée a été rejetée en raison de la distance, jugée trop grande, entre la place de l'Étoile et la Seine où doit se dérouler la cérémonie d'ouverture des Jeux.

L'emplacement finalement retenu pour allumer la vasque sacrée est le pont de l'Alma, au-dessus du tunnel fatidique qui a coûté la vie en 1997 à la princesse de Galles.

Les remarques, toujours bien ciselées, vont bon train dans mon cercle de commentateurs, le fameux «*shadow-committee*».

Albert, qui a de lointaines origines anglaises, ne peut se retenir davantage:

– À l'aplomb du tunnel maudit se dresse une «Flamme de la Liberté», copie grandeur nature de celle de Liberty Island à New York. La flamme des JO de Paris, installée à son côté, est un message destiné à souligner l'ancrage de la France dans le camp occidental.

Louis, dans le cursus de ses études de sociologie, a fait une option psycho pendant trois mois. Il en a gardé des traces:

– Je soupçonne le Prince Harry, désormais médaille d'or de l'édition mondiale, de viser une place au Comité International Olympique, en remplacement de la Princesse Anne, un tantinet vieillissante. Ce sera son dernier coup de pied de l'âne contre la famille royale anglaise.

Marcorel, toujours philosophe, mais de moins en moins poète, a besoin d'en rajouter:

– La présence du prince Harry au pied de la dalle du pont de l'Alma, entre les deux vasques, le 26 juillet, aura un impact considérable sur toutes les télévisions. Son éditeur boostera ainsi les ventes de son livre, et, je l'espère, la vente de nos Phryges, qui ne font pas un tabac dans les chaumières.

– Patron fera son affaire du problème diplomatique avec le roi Charles III, le gouvernement britannique et la délégation olympique de la toujours perfide Albion. La France s'honorera ainsi d'avoir ouvert ses bras à un Harry méritant, un Harry souffrant, ailleurs que place de la République.

Louis ne quitte pas sa casquette de policier :

– J'y vois une complication supplémentaire pour nos services de sécurité déjà fortement mis à contribution. Il faut peut-être demander au prince Harry ou à son éditeur de financer le coût de cette manifestation et de sa sécurité. Ils en ont les moyens, plus que le Cojo.

Chérif reste sans voix, enfin presque, mais pas sans pensée :

– Si Mégane Market vient faire le souk, comme on dit au bled, sur le Pont de l'Alma, avec son prince Harry, alors nous sommes définitivement perdus.

– Oui, mais les journaux auront sauvé leurs Jeux. Ils auront du papier pour tenir jusqu'en septembre.

– Tu veux dire du papier-toilette.

– Ce sont les Olympiades des sportifs ou des médias ?

Le ballet social

La sécurité sanitaire du pays n'est pas l'affaire des hauts gradés de la Police, du moins pas encore. Depuis la pandémie de covid, la France a un ministre de la Santé. La grand-messe du Ségur de la Santé en juillet 2020 a sauvé les soignants. Au début de l'an 2023, dans ses vœux à la profession, Emmanuel Patron a remis définitivement l'hôpital public sur les rails. Il n'y a donc plus de problème de sécurité sanitaire en cet été 2024. L'hôpital, notamment, à Paris l'AP-HP, peut accueillir dans les meilleures conditions, si tel doit être le cas, des dizaines de policiers blessés au combat, ou des centaines d'émeutiers victimes de la brutalité policière.

Depuis les grands mouvements de l'hiver 2022-2023, la France a aussi un ministre des « Grèves et de la Paralysie nationale », en charge de l'écoute des manifestants qui rejettent légitimement le système répressif en place.

Sur le plan social, toutes les précautions sont prises pour les JO. Bertrand Hibault, qui fut secrétaire général de la CGT au début des années 2000, est aujourd'hui reconverti dans l'olympisme. Il est, heureux cumulard, à la fois membre du conseil d'administration du Cojo et de la

Solideo. Car il n'y a pas de sotte reconversion, pas plus qu'il n'existe de sot métier.

Ce qui me vaut cette réflexion désabusée de l'ami Albert :

– Dans l'ancien monde, on s'attachait à distinguer le maître d'ouvrage du maître d'œuvre, le donneur d'ordre du prestataire, l'ordonnateur du comptable. Afin de prévenir la confusion des genres et les conflits d'intérêts.

Louis, éternel syndicaliste, s'interpose :

– Ce n'est pas Bertrand Hibault qui est en cause. Je le crois intègre. Il est victime d'un abus de confiance de la part de ceux qui comptent le manipuler.

C'est, au tour de rôle, à moi de m'exprimer :

– Halte au feu, s'il vous plaît, contre ce pauvre Hibault qui n'en demande pas tant. La souriante Annie Dalgo est à la fois présidente de la Solideo et membre du conseil d'administration du Cojo, ce qui ne l'empêche pas de pérorer sur l'exemplarité attendue des Jeux de Paris.

Marcorel, qui, pour être philosophe, n'en est pas moins doté de sens moral :

– Oui, comme Valérie Précaire et quelques autres chapeaux à plumes. Ça ne suffit pas à en faire des voyous, mais ce n'est pas le meilleur chemin vers la bonne organisation, l'exemplarité et l'acceptabilité des Jeux.

Chérif, entre deux courses avec son taxi, nous a retrouvés au bistrot :

– Si Bertrand Hibault réussit à nous éviter la paralysie sociale, le blocage des transports et la pénurie d'essence, je suis prêt à tout lui pardonner.

Ce n'est pas le cas.

« Les JO, c'est aussi un défi social », déclare encore Bertrand Hibault dans une interview à la presse. Le champ clos, également, de tous les enjeux corporatistes et la porte ouverte à de nouvelles conquêtes sociales.

Les danseurs sont en piste, le bal peut commencer.

Le lundi 10 juin, les contrôleurs du ciel tirent les premiers. Ils ont pour eux un savoir-faire acquis lors du Mondial de football en 1998 : discrétion absolue d'abord, menaces précises, négociations en coulisses avec un gouvernement Baladur disposé à céder sur toutes les demandes, retrait tactique et discret du champ des luttes, puis passage à la caisse et archivage de la procédure.

En 2024, il faut faire passer le message plus tôt, et être les premiers ; le terrain des luttes est rapidement encombré. « Turbulences en haute altitude, titre Le Monde. Au nom du principe d'équité, les contrôleurs aériens exigent le même niveau de salaire que leurs collègues américains travaillant à New York. »

Le lundi 17 juin, ce sont les pilotes d'Air France qui passent à l'action, forts d'une grande et belle histoire, jalonnée de victoires éclatantes. Le point d'orgue, c'est le psychodrame du Mondial de 1998, parfaitement reproductible aux JO de Paris. Durant les dix jours que dure à l'époque la grève, les trois-quarts des vols avaient été annulés. Le mouvement s'arrêta à quelques heures du début du Mondial. Les pilotes avaient décroché le cocotier. « Une occasion comme les JO, il s'en produit une tous les trente ans », releva un délégué syndical.

En 2024, la situation est plus compliquée qu'en 1998. La direction, comme les syndicats de pilotes, comme l'opinion publique dans son ensemble ne comprennent pas l'embrouillamini qui se met en place. Il faut donc se positionner plus tôt dans ce qui apparaît déjà comme les Jeux Olympiques des luttes sociales. Et choisir un angle d'attaque qui soit familier, depuis des décennies à tous les Français : l'âge du départ à la retraite à 48 ans, à taux plein, avec possibilité de cumuler ensuite la pension de retraite avec un emploi salarié de pilote dans la compagnie aérienne d'à côté. Le journal *L'abération* appelle les pilotes à la raison, avec un titre qui fait mouche : « Demandez l'impossible, le possible, vous l'avez déjà ! »

Le lundi 24 juin, dans la plus grande tradition, les syndicats de la SNCF s'engagent dans le mouvement. Ils le font sans animosité particulière, en s'excusant presque de mettre en danger le départ en vacances des travailleurs. Comme s'il s'agissait pour eux d'une obligation éthique. Ils le font, les braves gens, non pas pour leur bénéfice personnel, mais pour faire avancer le combat de tous les salariés qui ne disposent pas, comme eux, du droit de blocage. Le mot d'ordre est lancé, sans véritable revendication. Mais qu'importent les revendications, pourvu qu'on ait l'ivresse. Si dans trois jours les négociations ne sont pas engagées, tous les trains s'arrêteront sur les voies de garage. Il reste un espace à remplir, en page 7 du journal *Sud-Ouest*, c'est chose faite, d'un discret : « Tiens, la SNCF est en grève ! » *La Dépêche du Midi*, à Toulouse, se veut plus alarmiste et convoque le bon vieux patois du Languedoc : « Chez les cheminots : le combat pour le dernier croustet ». *Croustet*, chacun le sait bien au sud de Montauban, signifiant « crouton de pain. »

Le lundi 1er juillet, on attend la grève de la RATP, elle est là. Les revendications sont, une fois n'est pas coutume, intelligibles pour les usagers : la sécurité et le confort dans les wagons saturés du métro, la sécurité et les temps de parcours en surface sur un champ de mines, la voirie parisienne qui supporte en premier l'impact catastrophique de la politique municipale. Les syndicats sont là, mais pas la presse ; même *Le Parisien*, le quotidien local, ne s'est pas déplacé à la conférence de presse : une grève de la RATP, c'est comme la Fête nationale quand elle tombe le 14 juillet, ce n'est pas une information.

Justement le 14 juillet 2024 tombe un dimanche. Face à l'urgence, le Parlement se réunit en Congrès à Versailles et siège en visioconférence. Afin de débloquer la situation sociale, le Code du Travail est supprimé solennellement et remplacé par le Code de la Grève.

Albert, caustique comme souvent, a une autre solution : « Il suffit d'ajouter le Droit au divertissement dans la Déclaration des Droits de l'Homme et du Citoyen, de 1789. Je suis sûr que tout le monde se remettrait au travail. Un article 18, ainsi rédigé : Tout Homme a le droit sacré de se divertir en regardant son téléviseur ; nul ne peut contrarier ce droit par la force. »

Pendant ce temps, le *shadow-committee* se retrouve au grand complet ce dimanche. Chérif a amené sur un parc public, à La Courneuve, son barbecue à roulettes, un sac de charbon de bois, le nécessaire pour se sustenter et se désaltérer. Jeanne et Malika ont la haute main sur l'organisation, la distribution des tâches, le contrôle de la bière et, théoriquement, la surveillance des enfants. C'est une belle journée d'été où l'orage qui monte semble suspendu, là-bas à l'horizon, au-dessus des barres d'immeubles.

– Mon plus grand bonheur ici, lance Chérif, la puissance invitante, c'est de voir le plaisir qu'ont les enfants à se retrouver aujourd'hui, ensemble et avec nous. Ils sont cachés là-bas, derrière les massifs.

– Oui, dit Malika, je me demande ce qu'ils font.

Les grèves potentielles, latentes, en cours, annoncées, qui vont se durcir… sont présentes à l'esprit de chacun, et d'abord du philosophe.

– Ce mouvement de grèves dit de nous ce que nous sommes, plus que les quatre médailles que la France va décrocher aux Jeux : en plein état de décomposition sociale.

– Je ne sais pas si ce sont nos dirigeants qui nous ont façonnés à leur image, ou si, tout simplement, nous avons les dirigeants qu'on mérite, philosophe à son tour le syndicaliste.

– Tu penses à Annie Dalgo, en disant ça ? interroge Chérif, en regardant Marcorel :

– C'est le scandale de l'Ancien Testament : les rois et les princes pèchent contre Yavhé, et c'est le peuple hébreu qui se retrouve exilé à Babylone.

Je dois ramener tout le monde sur terre :

– Ma grande inquiétude, ce ne sont pas les secteurs qui sont aujourd'hui en grève, on est rodés ; ce qui m'inquiète, ce sont les professions qui vont entrer demain dans le mouvement.

Chérif qui connaît bien l'état d'esprit de ses collègues, chauffeurs de taxi, s'avance.

– Nous parlons entre taxis, quand nous attendons de charger, surtout à Roissy où on doit patienter des heures. Si les avions sont bloqués au sol par la grève de dix bagagistes, nous pourrons laisser nos véhicules au garage. Certains collègues proposent un arrêt de travail préventif, une façon aussi de dénoncer les ravages d'Uber sur la profession. Ce qui se joue pour moi pendant ces deux mois, c'est ma retraite.

Louis, le syndicaliste de la Police, est bien informé.

– Nous savons de source sûre que les agents de sécurité des sociétés privées vont partir en vacances ou se faire porter pâle. Ce qui pèsera un peu plus sur la Police nationale. La grève n'est pas une tradition chez les chaussettes à clous, mais la tension est perceptible dans les commissariats et chez les CRS. Le feu couve, même du côté des gendarmes mobiles et des militaires qui n'ont pas le droit de grève.

Albert est perplexe ; il n'a aucune vérité révélée à nous asséner aujourd'hui, ce qui attriste le bonhomme.

– Marcorel a raison. On ne peut pas tout mettre sur le dos d'Annie Dalgo ; Dalgo est le produit insolent du système, en attendant d'en être la victime sacrificielle. Pensez qu'elle a toujours été payée comme inspectrice du travail, alors qu'elle n'a jamais travaillé.

Le diable se cache dans la météo, bientôt caniculaire. Les éboueurs parisiens sont en grève depuis plusieurs jours. Ils protestent contre toutes les réformes des retraites de ces trente dernières années : 1993, 1995, 2003, 2007-2010, 2014, 2023 et exigent le retour à la situation antérieure. Les sacs de poubelles s'entassent inexorablement sur les trottoirs, commencent à envahir les chaussées, le hall des immeubles. Leur contenu se répand, au vent mauvais. Les esprits malveillants balancent les déchets ménagers, de leur fenêtre sur le trottoir, au grand dam des derniers passants.

Dans les discothèques de Saint-Cast, la sono diffuse à plein régime le succès recyclé de Haricot Matthias (1964) :

« Toi Paris, tu m'as pris dans tes rats,

Paris puanteur, Paris poubelle, Paris Dalgo. »

Pendant que les parents et les enfants devisent joyeusement autour du barbecue ou derrière les massifs de La Courneuve, d'aucuns, chez nos dirigeants, scrutent la température estivale dans le secteur du pétrole. Nul ne sait d'où partira l'étincelle : les raffineries, le transport ou la distribution, mais la mèche est allumée. Les automobilistes, dangereux pyromanes bien connus, font le tour des stations-service du quartier. Tournez, tournez inlassablement, bonnes gens, c'est excellent pour la couche d'ozone et pour la bonne marche de votre véhicule. Si le prix du carburant flambe, quand il en reste quelques gouttes à la pompe, c'est la faute de la guerre en Ukraine et de l'emballement du prix des céréales. Mais, c'est juré promis, la pénurie de carburant n'aura pas d'impact sur le bon déroulement des Jeux. Aux JO, déclare avec pertinence Rony Autaquet, le président du Cojo :

– Nous ne sommes pas aux 24 heures du Mans ni au grand prix de France de motos. Aux JO, nous célébrons le travail musculaire, et l'habileté des sportifs.

– Aux JO seule compte l'intelligence de l'athlète, confirme Annie Dalgo dans un grand discours le soir du 14 juillet. Les Jeux de Paris sont écologiquement purs, neutres en carbone. C'est le modèle à suivre pour avancer vers une humanité apaisée. Gandhi nous a montré l'exemple. Le vélo l'emportera toujours sur les chars de combat.

Le gouvernement, c'est son devoir, n'est pas dans le commentaire ou dans la diversion ; pas dans l'action non plus, hélas, mais dans l'appel à la raison. Les éléments de langage sont dictés depuis l'Élysée, par le secrétaire général. Les ministres de base doivent se contenter d'évoquer les grandes valeurs de l'olympisme, garantes de l'harmonie universelle, de la paix sociale, du bon voisinage dans mon immeuble et de la bonne humeur de mon compagnon ou de ma compagne.

La Première ministre va déterrer, c'est son niveau hiérarchique, les plus belles heures de l'histoire de France, quand les Gaulois étaient unis et que rien ne nous résistait : Bouvines, Valmy, Austerlitz, bien sûr, le Mondial de 1998.

Au ministre des Finances, Benoît Le Père, est confiée la sale besogne : amener, de gré ou de force le patronat à céder sur toutes les revendications, et même sur les autres. Il dispose librement pour cela de l'arme absolue, le fameux

« Quoi qu'il en coûte ! », que tout le monde croyait définitivement remisé. Le voilà qui ressuscite. On verra bien ce qui se passera après les Jeux. Au dernier étage de Bercy, les simulations moulinent bon train sur le projet d'I.P.J. ; I.P.J., comme Impôt pour les Jeux.

Le ministre est partout dans les médias pour brocarder, fustiger, stigmatiser un patronat autiste, oublieux de ses devoirs, qui met en péril par égoïsme ou par inconséquence la cohésion nationale : « Nos compatriotes attendent ces Jeux qui vont nous libérer de nos maux. Aucun aveuglement patronal ne peut les en priver. »

Et, en aparté, le ministre des Finances, de déclarer : « Ne t'inquiète pas, on reparlera de tout ça au prochain cocktail du Medef. »

Chacun est dans son rôle. Les visiteurs du soir, humbles tâcherons de la vie politique, encouragent le président à sauver les Jeux, son mandat et la France. Le dernier en visite à l'Élysée, furtif conseiller de l'ombre, s'appelle François Péhibas. Il souffle au président :

– Il faut remettre la France au travail ; c'est notre image internationale qui est en jeu, notre crédibilité diplomatique en Europe et face à la Russie. Alors, de grâce, quelques dizaines de milliards de plus à la charge des entreprises… Qui s'en plaindra !

Au Conseil des ministres, un inconscient a évoqué timidement l'éventualité d'une réquisition des grévistes.

– Mais enfin, mon ami, nous ne sommes plus en 1963, avec les mineurs de charbon du général de Gaulle.

Les partis politiques font le job, au service de l'intérêt supérieur du pays et des Français.

Au Rassemblement National, le mot d'ordre est au… rassemblement de toutes les oppositions.

À la Nupes, la position du grand leader est plus nuancée. La voix de Jean-Luc Metleson, venue du fond des tripes, menace de tout emporter : « Hardi, camarades ! Hardi ! Nous sommes au matin du grand soir. C'est la lutte finale. Demain, *l'Internationale*... »

L'exode

LE MOUVEMENT DÉMARRE TIMIDEMENT vers le 15 juin, avec les retraités voiturés, qui ont camouflé un bidon de carburant dans le coffre : « Fais attention, mon chéri, tu vas mettre le feu à la voiture ! ». Il s'amplifie avec les vacances scolaires et atteint son paroxysme le samedi 29 juin.

Des Batignolles et de Picpus, ils fuient. De Belleville et d'Auteuil, ils se jettent sur les routes. Du Marais à Ménilmontant et de Charonne à Montmartre, ils abandonnent Paris.

Quand il n'a pas de voiture, le Parisien part, son baluchon sur le dos. Un caddie au bout des bras, dans lequel il a entassé les pauvres choses qu'il a pu emporter : une photo de famille, une chemise de rechange, quelques médicaments, un savon, une tablette de chocolat.

Ils partent dans toutes les directions. En juin 1940, personne n'aurait eu l'idée de fuir vers le nord-est. Aujourd'hui, peu importe la direction : seuls importent le petit-cousin resté au village et qui peut nous accueillir, la fermette qu'on retape dans le Jura, le mobile home dans un terrain de camping près de Valras Plage, le buron en ruines sur l'Aubrac. Certains donnent l'impression d'errer sans but.

Ils n'iront pas loin : les péages sont en grève et ouverts, mais les stations-service sont en grève et fermées. Des informations parviennent à Paris, portées par le vent, depuis le fin fond du pays : d'Orléans, sur l'A 11, de Melun, d'Auxerre sur l'A 6 ou telle famille amie est arrivée après trois jours de galère. Sur la bande d'arrêt d'urgence de l'autoroute, c'est Juliette, la voisine d'en face, qui a accouché d'un gros bébé ; il s'appellera Jo, oui, comme JO Marcel, un ancien du quartier, qui s'est éteint à 75 ans, sur le terre-plein central.

Les villes situées à la portée d'un demi-plein de carburant sont prises d'assaut et commencent à rejeter les envahisseurs : Chartres, Évreux, Melun, Auxerre. À l'entrée des supermarchés et des boulangeries, les panneaux fleurissent : « Établissement interdit aux exodiens et aux chiens ».

La Flamme olympique, dans son parcours triomphal, a traversé Soissons la semaine dernière. Les organisateurs n'ont pas retiré les banderoles en travers de la route. Les voyageurs vers nulle part peuvent lire : « Les Jeux Olympiques vous libèrent ! », et, plus loin : « Les JO, c'est la fraternité qu'il nous faut ! ».

Soudain, c'est un grésillement sur l'autoradio qui fonctionne encore. Le journaliste annonce la bonne nouvelle : « Les footballeurs français ont obtenu de leur Fédération une revalorisation de leurs primes de matchs olympiques de 40 % ». À l'entour tous les voisins applaudissent : « Tu vois, l'Endolfie, quand on veut, on peut ! ».

Des parents cherchent leurs enfants, des époux leurs conjoints ; une appli de smartphone leur est dédiée, appelée sobrement : « Exode JO Recherches ». Les EHPAD ne peuvent pas être évacués. Les résidents sont piégés comme des rats, alors que la moitié du personnel soignant s'est évaporé sur les routes. Dans les toilettes d'une aire d'autoroute, une main anonyme a écrit à la bombe de peinture : « Merci pour tes Jeux, Annie Dalgo, je ne voterai pas pour toi en 2026 ».

Marion, 8 ans, écrit une lettre destinée à sa grand-mère dans le Puy-de-Dôme, si elle lui parvient un jour : « Je suis contente, il n'y a plus d'école. Mais maman et mon grand frère ne sont pas contents. On est parti hier. Je voulais emporter mes poupées, mais on n'avait pas le temps. On s'est retrouvé sur l'autoroute avec beaucoup de voitures qui étaient arrêtées. »

Certains ont plus de chance que Marion. De hauts responsables du Cojo et de la Solideo ont détourné une grosse berline du parc officiel et ont pris la route de l'Est. Ils sont finalement reconnus à Varennes, dans la Meuse, par un cantonnier local, Isidore Drouet, puis interceptés à l'Auberge du Bras d'Or, et ramenés à Paris pour terminer leur travail.

C'est l'exode de toutes les peurs, l'exode de toutes les misères.

Annie Dalgo triomphe, le sourire carnassier. Elle a atteint son but : une Ville de Paris apaisée, sans voitures visibles, vidée de sa population, disponible enfin pour la revégétalisation et la reforestation rêvée par ses soutiens écologistes.

Rony Autaquet, le président du Cojo, peaufine son prochain discours sur « les valeurs universelles de l'olympisme, seules en mesure de sauver le monde ».

Le 14 juillet, pour le défilé et le feu d'artifice du soir, la moitié de la population parisienne a vidé les lieux. À ce rythme, annoncent les simulations, il restera 400 000 Parisiens en ville le 26 juin pour fêter l'ouverture des Jeux.

Le 111e Tour de France fait le choix de l'évitement. Il part de Florence en Italie, pour arriver… à Nice le 21 juillet, sans s'aventurer en Île-de-France. Pour la première fois dans son histoire, la dernière étape ne se déroule pas en région parisienne, mais à 930 kilomètres de la capitale.

Le programme des festivals de l'été 2024 est largement compromis. Le ministre de l'Intérieur a tracé le cadre : « Aucun évènement culturel d'ampleur ne se déroulera entre le 18 juillet et le 11 août ». La France entière est désormais engagée dans une sous-enchère folle à la modestie, à l'humilité, à la petitesse : « Non, Monsieur le bourreau, mon festival n'est pas un « évènement culturel d'ampleur » ; il est en dessous de la jauge « d'ampleur ». Monsieur le bourreau, de grâce, épargnez mon petit festival ». Les Festivals qui se déroulent loin des sites olympiques peuvent espérer sauver leur peau, comme Avignon, les Francofolies de La Rochelle ou Les Vieilles Charrues. Mais le Lollapalooza sur l'hippodrome de Longchamp ou Rock en Seine ont du plomb dans l'aile.

Ce massacre à la tronçonneuse de tout ce qui ne relève pas de l'olympisme, cet exode de la culture hors de Paris et hors des grandes villes de province, menace une fois de plus l'« acceptabilité » des Jeux, comme le redoutent les beaux esprits de la Cour des comptes.

Mes camarades de Jeux du *shadow-committee* restent à Paris. Parce que nos enfants ainsi que les enfants Feraoun ont besoin de leurs parents. Louis a trop le sens du devoir pour s'éclipser. Albert et Marcorel ne veulent rien perdre du spectacle qui s'annonce, non pas le divertissement proposé par les Jeux, mais l'autre spectacle, celui de la rue, celui de la vie.

Albert, le lexicographe patenté, déclare, citant les grands auteurs : « S'il n'en reste qu'un, je serai celui-là. S'il faut mourir, mourons, s'il faut périr, pérons ! »

Marcorel, philosophe de service, se pose inlassablement la question : « Mais enfin pourquoi ? pourquoi ? pourquoi cet exode ? L'armée ennemie ne campe pas aux portes de la capitale. Ce qui jette les Parisiens sur les routes, c'est la méfiance vis-à-vis de nos dirigeants. Quand tout le monde doute de tout, je crains le pire pour demain. »

La cérémonie d'ouverture : des berges et des barges

Un nouveau concept, révolutionnaire, est en train de naître, à l'occasion de ces Jeux. Dépassé le « Quoi qu'il en coûte ! » place maintenant au « No limit » en matière budgétaire, et en anglais dans le discours. En évoquant la cérémonie d'ouverture, Rony Autaquet a fait progresser notre civilisation d'un bond de géant : « *No limit* dans le budget imparti à la cérémonie d'ouverture. Je veux que la créativité artistique française s'exprime pleinement à l'occasion de ces cérémonies. »

À moins qu'il ne s'agisse une fois de plus que de vains propos destinés à l'opinion, pour faciliter l'« acceptabilité » des JO.

Jeanne, qui n'en peut plus de jongler avec nos fins de mois acrobatiques, se met à crier : « Coubertin, réveille-toi, faut appeler le Samu psychiatrie ! ».

À Tokyo, au goût de notre président, la cérémonie d'ouverture des Jeux avait été trop « cheap ». À Paris, ce sera

« *expensive* », sur la Seine. Et sur six kilomètres, de Bercy au Trocadéro, en suivant le sens du courant.

L'annonce avait été faite le 25 juillet 2021 par Emmanuel Patron. Les mots étaient au rendez-vous pour tenter de convaincre les étonnés et les sceptiques : ce serait un évènement à la fois unique, révolutionnaire, populaire, ouvert à tous, avant-gardiste et, bien sûr, innovant. Briser les codes et ancrer pleinement le sport dans la ville, voilà l'ardente injonction présidentielle. Sans oublier l'inclusion, sans laquelle rien n'est possible. Le discours élyséen était à la hauteur de l'enjeu.

Bref, assure le Président, « la cérémonie doit avoir du sens pour les Français et porter un message pour le monde ». Quel sens et quel message ? Pour quels Français et pour quel monde ? Pour les précisions, vous interrogerez votre barbier. Ce sont les vœux du Nouvel An, recyclés en juillet pour soutenir le moral des contribuables, ces éternels mécontents.

Qu'importent les mises en garde des spécialistes de la sécurité, ressassées en boucle : « Nous n'avons pas été capables, le 28 mai 2022, d'assurer la sécurité dans une enceinte close comme le Stade de France, alors... sur six kilomètres de Seine, sauve qui peut ! ». Un administrateur du Cojo a parlé dans la presse de « Seine du crime », de « folie criminelle ».

Mon ami Louis, syndicaliste policier, nous avait glissé à voix basse : « Rien du point de vue de la sécurité des athlètes, des organisateurs et du public n'est envisageable sous cette forme-là. Croisons les doigts. »

Pour les fins politiques du cabinet présidentiel, l'important c'est le spectacle qui sera donné sur la Seine à la foule en liesse. Mon Dieu, que le peuple s'amuse donc !

Pavé dans la chaussure, le Service prévention des risques des Pompiers de Paris vient de publier un rapport alarmiste que diffuse Médiapart. Le général commandant la Brigade a mis sa démission dans la balance, si, par malheur, a-t-il écrit dans une lettre à ses deux ministres de tutelle, le programme des animations sur les barges est maintenu en l'état. Cette lettre confidentielle court dans tout Paris.

Le dimanche 30 juin en soirée, après la diffusion sur l'A2 du film de Marcel Carné, *Quai des Brumes*, l'Élysée convoque un conseil restreint. Annie Dalgo, Rony Autaquet, président du Cojo, et le général des pompiers sont de la réunion. Le président du Cojo est invité à exposer le programme des animations :

– Il s'agit de retrouver dans ces Jeux l'esprit de liberté, d'égalité et de fraternité des révolutionnaires, nos ancêtres de 1789.

– Oui, les trois mamelles de la France, interrompt Patron, qui connaît ses classiques.

– C'est pourquoi nous allons reconstituer sur une barge, une forteresse de la Bastille en carton. Une cohorte de Phryges, incarnation des sans-culottes de l'époque, armée de mousquets et de canons, s'emparera de la Bastille pour mettre à bas ce symbole de la tyrannie.

– Oui, ce que vous appelez « la libération par le sport », opine Emmanuel Patron.

Le Président lance le tour de table ; chaque participant est invité à s'exprimer.

Le ministre des Finances, soucieux de limiter les subventions de l'État et l'appel aux contribuables :

– L'idée est excellente pour la promotion commerciale des Phryges. Cette publicité fera vendre des mascottes, ce qui réduira d'autant le déficit du Cojo.

La ministre de la Culture qui a le sens du spectacle, c'est sa fonction première, paraît-il, a une opinion sur le sujet :

– La barge en bois de la Bastille, en feu, sera placée, je l'espère, face à la tribune officielle, pour que les délégations ne perdent rien de ce moment historique.

La ministre des Sports a un vœu à formuler :

– Des nageurs de combat pourraient aussi participer à l'assaut. Ce serait un beau clin d'œil aux épreuves de natation.

Le ministre de la Défense croit bon d'ajouter :

– Avec quelques canons de marine de 305, la Bastille serait vite enlevée.

Un huissier pousse cérémonieusement une table roulante sur laquelle trône la maquette en carton : la barge, la Bastille, les canons, les Phryges. Et une boîte d'allumettes.

– Je vous remercie, vous pouvez repartir avec la maquette, je crois que tout le monde a compris, tranche le Président.

Le ministre de l'Intérieur pouffe soudain d'un fou rire inextinguible.

– Veuillez m'excuser, Monsieur le Président, je me retire un instant.

– Faites, faites.

Et Emmanuel Patron de poursuivre :

– Mon ami Wladimir Routine pourrait aussi nous prêter quelques bombes nucléaires tactiques, et, avec ça, pfft, pfft, plus de Bastille.

Le visage du Président s'assombrit. Du rouge, il passe au noir ; il se boursoufle, les yeux sont exorbités. Puis, l'homme en charge du destin national se lève :

– Mesdames et Messieurs, la réunion est terminée, je vous remercie. Je m'étonne que personne n'ait songé à quelques cracheurs de feu, judicieusement orientés vers les personnalités présentes. Et des drones de combat, hein, des drones de combat à l'assaut de la tribune officielle, personne n'y a pensé ?

Le Président parvient à maîtriser sa colère. Il reprend d'un ton plus bas, le visage fatigué :

– Nous avons heureusement – regard appuyé et peu amène vers Rony Autaquet – une solution de remplacement : les majorettes. Ça marche toujours avec le bon peuple. Je charge le ministre de la Défense de rassembler toutes les compagnies de majorettes qu'il pourra trouver, en métropole et dans les DOM/TOM, de les convoyer à Paris et vous avez pour cela des avions militaires et des véhicules blindés de transport de troupes, puis de les héberger au Château de Vincennes. Dans le respect des personnes, bien sûr et avec l'accord signé des parents.

Le ministre de l'Intérieur réapparaît, en se tenant le ventre et en détournant le regard.

Rony Autaquet et Annie Dalgo quittent l'Élysée dans le même véhicule. Rony est tout penaud : son beau spectacle sur la Seine a sombré avant le premier coup de canon révolutionnaire. Annie n'a pas compris l'ire du Président : la Bastille tout feu tout flamme, c'était pourtant excellent pour la prochaine campagne électorale.

Le contexte social n'a jamais été aussi plombé qu'en ce mois de juillet 2024. Certaines professions n'ont pas repris le travail depuis le grand mouvement contre les retraites, il y a dix-huit mois. L'antenne de Radio France est muette : il faut bien défendre le pluralisme de l'information et dénoncer le recul de la liberté de la presse en Uruguay. Les trois branches du secteur pétrolier – les raffineries, le transport et la distribution – alternent dans un savant « mouvement » les arrêts de travail: « Deux jours c'est toi, trois jours c'est moi ! ». Les stations-service, éternelles victimes, sont donc au régime sec. Les enseignants, en vacances d'été, arborent fièrement sur toutes les plages de France, et même de Navarre, le tee-shirt et la casquette « Enseignant en grève ». Le Camping des Flots Bleus a lancé une cagnotte pour le soutien des animateurs du Club Mickey, en lutte pour la défense des droits des enfants. Les transports publics fonctionnent au petit bonheur la chance. À la SNCF, à la RATP, les directions ont renoncé à publier les listes des lignes en service ou à l'arrêt. Pour éviter tout risque de mauvaise humeur des usagers ou de contentieux, la gratuité des transports est en vigueur sur tout le réseau. Les opérateurs téléphoniques sont aux abonnés absents ; en cause, officiellement, une « sous-tension » sur les lignes : les smartphones peuvent donc rester au vestiaire. Pour les syndicats du secteur de l'évènementiel, « la fenêtre revendicative des JO, c'est une fois tous les cent ans ; on ne va pas laisser passer l'occasion ». Des métiers, injustement dépréciés, tiennent le haut du pavé ; ainsi les bagagistes dans les aéroports et dans le secteur hôtelier : « bagagistes à l'arrêt, aéroport bloqué », ou encore : « bagagistes à l'arrêt, hôtel fermé ».

Dans ce contexte morose, l'incertitude plane sur le bon déroulement des compétitions.

Le recensement des athlètes présents à Paris et leur repérage sont une tâche impossible. Beaucoup sont introuvables, égarés entre les aéroports, le Village olympique et les responsables de leurs délégations. Certains sont en roue libre, affranchis de tout engagement. Ils ont compris que c'était la condition de leur survie à Paris. Les délégations cherchent leurs athlètes et les athlètes cherchent leurs délégations.

Mais, place au spectacle et que la fête commence, en ce 26 juillet 2024, journée éclatante sous le soleil. Le touriste lambda qui a emprunté un jour les bateaux-mouches ou les ascenseurs de la tour Eiffel n'ignore rien du décor. Ce décor est l'écrin d'une cérémonie qui se veut à la fois spectacle, divertissement et rituel sacralisé. Le décor somptueux est toujours là, minéral, bien accroché au pavé parisien, pour l'éternité.

Le programme était initialement réglé à la minute. À 7 heures, admission du public ; de 9 heures à 10 heures, mise en place des délégations, puis arrivée des athlètes par la Seine, sur des embarcations. À midi, dernier relais de la flamme et allumage de la vasque au pont de l'Alma, puis face à la Seine, chant de La Marseillaise par Lifa Feraoun et enfin Hymne des Jeux, interprété par le groupe de rock « Les déjetés de l'antre ». En clôture de la cérémonie, les discours du Président, d'Annie Dalgo et de l'invitant, Rony Autaquet. Le programme matinal doit ainsi prendre fin avec le serment des athlètes, suivi d'un cocktail destiné aux personnalités. Pour le public, une cinquantaine de food-trucks, alignés comme à la parade sur la place de la Concorde, doit satisfaire les amateurs de pizzas les plus exigeants. « Avec des olives ou avec des anchois, ma petite dame ? »

Je suis, avec mes inséparables compères du *shadow-committee*, sagement assis sur une barge, depuis 8 heures ce matin.

– Tu as remarqué, me souffle Albert, ce besoin de nos politiques : toujours se caler entre deux victoires napoléoniennes, ici entre le Pont d'Austerlitz et le Pont d'Iéna. Il doit leur manquer un peu de testostérone.

La cérémonie d'ouverture commence mal. On attendait 600 000 personnes, les compteurs des tourniquets plafonnent, à 9 heures, à 20 000 passages. C'est la faute de la RATP qui assure son service vaille que vaille ; la plupart des conducteurs sont en congé, en grève ou ont pris le chemin de l'exode. Les retards s'enchaînent ensuite : pour les délégations qui ont pu trouver un véhicule, elles sont bloquées aux carrefours de Paris, car les feux tricolores sont hors service.

On attendait 10 500 athlètes, personne ne les voit arriver.

Le Cojo, on s'en doute, avait tout prévu. Cinq cents gondoles ont été commandées à Venise, avec leurs gondoliers, pour ajouter à la cérémonie l'indispensable touche romantique. Par le riant Canal du Midi, leur livraison devait être une promenade de santé. Hélas, cent vingt gondoles seulement ont été réceptionnées dans les temps. Les Italiens mettent en cause l'incurie de nos douaniers. La douane fera observer que les gondoles sont restées à Venise jusqu'au 1er novembre, en attendant la fin de la saison touristique sur la lagune.

Ainsi s'explique l'arrivée cahotante des athlètes qui ne seront qu'une petite centaine, essentiellement des Français et des Italiens, sur la tribune officielle, pour prêter le serment des Jeux et entendre les discours.

La grande Histoire des Jeux retiendra que c'est à 13 h 30 que le dérapage a commencé, que la Police a baissé pavillon pour la première fois. L'enquête dira peut-être un jour le déroulement des faits, mais le ministre de l'Intérieur twitte rapidement la vérité officielle : « Une centaine d'individus mal intentionnés, d'origine anglaise, a réussi à faire une brèche dans l'accès à la barge réservée au cocktail des personnalités. Les hooligans ont emporté les plateaux de petits fours et se sont emparés du stock de 800 bouteilles d'alcool destinées aux personnalités. L'ordre a été rétabli au bout d'une heure. Aucune violence physique sur les personnes n'est à déplorer. Les policiers en charge de la sécurité de la tribune officielle ont procédé à une interpellation : un homme qui s'enfuyait avec quatre bouteilles de whisky. »

Marcorel, soudain devenu anarchiste, défendrait presque les contrevenants :

– L'homme ne vit pas seulement de la parole jupitérienne ou du baratin de Dalgo. Il vit aussi de petits fours et de saint-émilion grand cru.

Chérif, esprit pratique, est tout aussi indulgent :

– Les pizzas décongelées et réchauffées des food-trucks sont vendues sur la place de la Concorde 20 euros et la petite bouteille de Coca-Cola 5 euros la pièce. On peut comprendre leur tentation de sauter par-dessus la barrière pour manger à l'œil aux frais de la République.

Jusque-là, tout va bien, ou presque.

Le président du Cojo, Rony Autaquet, tapi derrière la maire, ne cache pas sa satisfaction. Il twitte à son tour : « Le rituel de la cérémonie d'ouverture des Jeux, son volet le plus sacré, s'est déroulé sans bavure. La flamme a surgi de la vasque, tel le phénix renaissant. Le serment a été prononcé avec force et La Marseillaise a été chantée avec une détermination étonnante chez une jeune femme de cet âge. Tous ceux qui ont œuvré depuis des années avec le Cojo pourront dire fièrement, plus tard : "J'y étais !" ».

Il ne faut pas regarder les chiffres de trop près. Les organisateurs avaient annoncé 120 chefs d'État ; ils sont, tout bien pesé, une dizaine : nos voisins européens tout de même, Monaco, Andorre, Luxembourg…, le roi du Tonga Tupou VI, le prince Harry, représentant Megane Market, et l'émir du Qatar.

Le véritable test de la séduction-attraction des Jeux, c'est évidemment le public présent, qui a payé et s'est déplacé jusqu'ici pour partager ce moment unique. Le choix du format est habile : les places assises sur les barges dans la Seine sont payantes, c'est le « quai bas », et les places gratuites debout sur les gradins, sur la berge (la rive), c'est le « quai haut », sont gratuites. Ainsi allait-on ratisser très large, des beaux quartiers jusqu'à la plus lointaine banlieue. La moulinette du simulateur a fait son travail et livre le verdict : 600 000 personnes seront présentes à la cérémonie.

Les prix d'entrée étaient-ils trop élevés, les grévistes de la RATP étaient-ils trop nombreux ; les tourniquets, au bout du jour, affichent moins de 80 000 passages.

Ce qui permet à Annie Dalgo de twitter, elle aussi, un peu précipitamment, comme un vulgaire Donald Trump : « La cérémonie d'ouverture a réuni à Paris, à une encablure de l'Hôtel de Ville, une foule enthousiaste de nos concitoyens, venus témoigner de leur attachement à notre capitale et à ses élus. » Cela ne coûte pas cher, n'est pas très conforme à la vérité, mais peut toujours servir contre Rachid Hadati et ses sbires.

L'après-midi est consacré aux animations. Nombre de spectateurs sont venus pour se divertir. Elles se déroulent sur des embarcations lourdes, comme les barges du débarquement, ou légères comme les gondoles. Les embarcations sont en mouvement, dans le sens du courant, de l'est vers l'ouest. La « barge de l'Hymne », comme on l'appelle, est la principale attraction. Les solides gaillards du groupe de rock, « Les déjetés de l'antre », reprennent l'hymne des Jeux vingt-cinq fois entre les ponts d'Austerlitz et d'Iéna, la barge dérivant au fil du courant.

Le texte de l'hymne officiel a été choisi par Annie Dalgo : « Il faut faire jeune ; du rap par exemple. Et mettre en valeur le génie universel des Jeux de Paris : l'inclusion ! ».

Emmanuel Patron, qui a conservé son âme d'enfant, propose une orchestration différente : « On pourrait aussi le jouer sur l'air de *Félicie aussi* du grand Fernandel. »

Rony a tranché : ce sera du rap.

Place donc aux paroles :

Les JO de l'inclusion

Ce sont les Jeux de l'inclusion
J'ai la passion de l'inclusion, jusqu'à la conclusion !

Inclusion des handicapés,
Pour ça, t'as les Jeux Paralympiques,
Oui, mon gars, pas les JO mais les J.P. !

Inclusion des Domiens et des Tomiens,
Inclusion des ruraux et des urbains,
Pour 10 milliards, t'as plus rien !

Inclusion des prisonniers,
On a qu'à les libérer !

Inclusion des migrants, des immigrants, des émigrants,
Mais aussi des petits et des grands !

Inclusion des jeunes et des seniors,
Je te la pince, Monsignor !
Inclusion des banlieues,
Tu l'as dit mon pneu !

Inclusion de Neuilly, Auteuil, Passy
Et de Félicie aussi !

Les majorettes rassemblées à Paris par l'armée sont embarquées au pont d'Austerlitz, à raison de cinq ou six par gondole. Ce n'est pas leur terrain de jeu habituel. Elles sont plutôt formées à arpenter le bitume, un bâton tournoyant à la main. Mais la procédure est vite rodée. Tout au long du parcours, les jeunes filles adressent de charmants sourires et de petits gestes de la main au public massé sur les quais. Les consignes du Cojo, relayées par les militaires, sont formelles : pas de doigts d'honneur, pas de gestes grivois ou qui pourraient être mal interprétés et pas de familiarité avec les gondoliers. Enfin et surtout : « Ne lancez pas vos bâtons vers les spectateurs, vous pourriez blesser quelqu'un. »

Voilà donc un spectacle conforme à l'engagement du Président, « unique, révolutionnaire, populaire, avant-gardiste et, bien sûr, innovant ».

Dans la tribune d'honneur, le passage des premières gondoles suscite, chez les personnalités qui en ont vu d'autres, quelques sourires pincés, l'air de dire « ça ne va tout de même pas durer tout l'après-midi ». Au passage de la cent vingtième gondole, le sourire pincé a laissé place, dans la tribune officielle comme sur les quais du public à de la consternation. Les charmantes majorettes reçoivent même quelques quolibets, sous l'œil goguenard des gondoliers. Ces vociférations (« À l'eau ! À l'eau ! ») affectent peu les jeunes filles qui continuent, imperturbables, à faire montre de leurs talents. Un trognon de pomme venu de la rive gauche, celle de toutes les révolutions, tombe dans la Seine, sans blesser personne. Dieu soit loué !

Tout en haut des tribunes, le Président, à moins qu'il ne s'agisse de son sosie, a le sens du devoir et reste impassible et souriant. La colère explosera un peu plus tard, à l'Élysée. À côté de lui, les invités étrangers, ces ingrats, après le champagne et le caviar, s'esclaffent de moins en moins discrètement. Les officiels français, ministres, élus de tous rangs et de tous bords, gros bonnets du Cojo, sont figés en attendant la tempête. Marcorel s'inquiète « Le vent forcit, mes amis, si une majorette a le mal de mer, le spectacle est terminé. »

Le vieux marin que je suis se veut rassurant « Les gondoles ne naviguent tout de même pas en haute mer. Et ici, sous le pont Alexandre III, l'effet de la marée est négligeable. »

L'« effet papillon », si l'on en croit Edward Lorenz, est une métaphore des conditions initiales du déclenchement du chaos. Selon l'auteur, un battement d'ailes de papillon au Brésil peut provoquer une tempête au Texas. L'inverse est tout aussi vrai. Aux JO de Paris, ces candides mais charmantes majorettes jouent, sans le savoir, le rôle de l'aile du papillon de Lorenz.

Dès 15 h 30, d'après les rapports de police, le défilé des gondoles sur la Seine suscite sur les bancs du public, un enthousiasme de plus en plus débordant. L'enthousiasme se transforme vite en une agitation déchaînée. L'impact sur les comportements des 800 bouteilles d'alcool empruntées tout à l'heure, au cocktail des personnalités, n'est certainement pas neutre. Les cris fusent, et des gestes dépourvus d'élégance accompagnent les rires. Les bouteilles, consciencieusement vidées de leur contenu, volent bas au-dessus des têtes et vont se perdre dans le fleuve.

Soudain la raison bascule. Les spectateurs des « quais hauts » gratuits se précipitent comme un seul homme sur les « quais bas » payants. Les gens parqués sur les « quais hauts » veulent être plus près du spectacle, plus proches de la fête, et peut-être aussi, cette pensée me fait horreur, plus proches des majorettes.

Il n'y a pas beaucoup de femmes ni d'enfants parmi les spectateurs. Peu de personnes à mobilité réduite. Ainsi s'expliquera demain le petit nombre de victimes. Le ministre de l'Intérieur a entendu quelques mots anglais chez les assaillants : Bill, John et même Peter. Il a cru apercevoir un Écossais, en kilt. Ce qui lui permettra de twitter ce soir sur le manque de fair-play des hooligans anglais. Phénomène troublant qui interpelle les policiers : l'effet sonore des cornes de brume utilisées dans un brouhaha assourdissant.

Les cris explosent de plus en plus forts, venus du fond des âges :

– Aux barges, aux barges !

Cris vite remplacés par :

– Aux gondoles, aux gondoles !

Ce 26 juillet, si la France a sauvé son honneur, elle le doit à la capacité des gondoliers vénitiens à détaler comme des lapins. Oui, comme des lapins, sur la Seine !

« Mouvement de panique ordinaire », titrera la presse demain matin. Et encore, plus élégant : « Cornes de brume sur le quai des brumes ! »

Sur la barge de l'Hymne, Gilmer, le chanteur des « Déjetés de l'antre », saisit sa guitare par le manche et tape frénétiquement sur le batteur. Il pensait qu'une majorette le provoquait.

Les spectateurs des « quais bas » tentent de se dégager, afin de se libérer de la pression qui vient du haut. Selon les témoins, une dizaine de personnes tombent dans la Seine. Mais la plupart des « quais bas » – 250 personnes, dont beaucoup de journalistes – réussissent à harponner la barge de l'Hymne et à sauter dessus.

La barge avait été testée et autorisée pour une dizaine de personnes. La suite coule, si l'on peut dire, de source.

La barge surchargée bascule vers l'aval et commence à s'enfoncer doucement dans les eaux sombres du fleuve.

Les derniers naufragés sont repêchés par les pompiers à 19 heures. Le batteur des « Déjetés de l'antre » a été sauvé, mais les partitions de l'hymne s'en sont allées, au fil du courant. La maire de Paris peut alors twitter « Plus de peur que de mal. Il n'y a pas eu d'attentat terroriste ni d'agression caractérisée contre les personnes ou les biens, aujourd'hui sur la Seine. La préparation impeccable des Jeux est un gage de sécurité pour l'avenir. »

L'effet papillon a encore frappé.

Les officiels ont quitté la tribune d'honneur depuis longtemps, en se pinçant le nez, ou en se tenant les côtes. Les spectateurs n'ont pas traîné sur les lieux. La police a procédé à l'interpellation d'un individu qui cherchait à voler la pâte à pizzas d'un food-truck.

Au *shadow-committee*, qui se disperse lentement, l'humeur n'est pas au commentaire ni à l'analyse. Chérif, père attentif, n'a rien perdu de son objectivité :

– La seule réussite de cette cérémonie, c'était Lifa chantant La Marseillaise.

Et Albert, sévère pour les organisateurs, de nuancer le propos :

– On se demande comment les haut-parleurs ont fait pour ne pas tomber en panne.

À la fin des batailles napoléoniennes, quand la Garde impériale n'avait pas été engagée au combat, le maréchal Bessières prononçait devant l'Empereur la formule sacramentelle :

– Sire, aujourd'hui la Garde n'a pas donné !

Ce soir du 26 juillet, le ministre de l'Intérieur traverse le faubourg Saint-Honoré pour le rapport d'usage au Président :

– Majesté, aujourd'hui la police nationale, la gendarmerie et l'armée de la République n'ont pas donné.

– Merci, Gérald, vous êtes un brave, répond le Président en lui pinçant l'oreille. Mais demain est un autre jour !

Demain débutent les premières épreuves olympiques.

Place au sport

En pensant aux Jeux de Paris, le journaliste Auguste Derrière (1892, ?) a écrit : « Aux Jeux Olympiques, il y a tant de sportifs qu'on ne sait pas où donner de l'athlète. »

Le président de la République ignore, mais ce n'est pas le seul, que les Jeux ont commencé il y a trois jours, le 24 juillet. Pour le football, au Parc des Princes et sur six stades en province, vous pouviez assister pour 80 euros en « first » aux premiers matchs éliminatoires. Pour le handball, de la même manière, vous pouviez assister le 25 juillet, à l'Arena Paris Ouest, pour 140 euros, en « first » à la première phase de la compétition. Pour le rugby à 7, les épreuves de qualification ont théoriquement commencé au Stade de France le 25 juillet, et moyennant 145 euros une place en « first » vous était réservée.

Hélas, trois fois hélas, de tous les communicants qui gravitent autour du Cojo et de la Ville de Paris, à propos desquels le président Rony Autaquet nous assurait naguère « ce sont des femmes et des hommes qui rendent les choses possibles », je suis le seul à avoir lu le programme. Que s'est-il passé ? Dans l'impossibilité d'organiser toutes les épreuves prévues dans le calendrier contraint, et d'organiser certaines, par définition, après la cérémonie de clôture, il ne restait qu'une solution : faire disputer les éliminatoires avant le début des Jeux. Raymond Poincaré avait pourtant déclaré en 1914 : « Avant la guerre, ce n'est pas la guerre ! ». Les autorités locales et les responsables des stades de Bordeaux, Lyon, Saint-Étienne, Nantes, Marseille et Nice ont distraitement zappé l'information. Les quelques dizaines de spectateurs qui se pressaient aux guichets sont rentrés chez eux en maudissant le ciel. Les athlètes, absents bien malgré eux, ont ainsi économisé les coûts de déplacement et un peu de fatigue.

Cette minuscule défaillance de l'organisation ne fait pas la une de l'actualité. Peu de réactions en haut lieu, sauf chez les rigolards impénitents. Au Cojo et à la Ville de Paris, on obéit à la consigne venue d'en haut : « Quoi qu'il arrive aux Jeux, restez zen ! Pas d'emphase, inutile de faire monter la mayonnaise ». C'est la version locale du *« No explain, no complain ! »*, chère à Buckingham Palace.

Une réunion est convoquée de toute urgence, le 27 juillet, dans le petit matin blême, à l'état-major du Cojo. Après les agapes des festivités d'hier, ils sont trois présents, les yeux en face des trous, à avoir répondu à l'appel : « Avec le café, vous prendrez bien un croissant ? Julie, s'il vous plaît... »

Rony Autaquet, en se frottant sa barbe de trois jours, est venu avec une solution ; c'est le propre du chef : « On évite surtout de dramatiser l'incident. À défaut de matchs, ce sera le tirage au sort. J'ai consulté notre avocat cette nuit : le règlement du CIO nous y autorise en cas de force majeure. Steve, si vous voulez bien poser sur la table votre belle casquette siglée des Jeux, voilà un crayon et les « post-it » nécessaires à l'opération. »

C'est ainsi que le destin a décidé du résultat des épreuves passées à la trappe par distraction.

Il est, en 2024, un sujet qui ne fait pas polémique, c'est la participation des sportifs professionnels aux Jeux. Le président Rony Autaquet, suffisamment occupé par ailleurs, n'aura pas à excommunier un tel, à jeter l'anathème sur tel autre, à vilipender un troisième, pour quelques malheureux millions de dollars payés dans le cadre d'un contrat de publicité. En 1932, à Los Angeles, notre Jules Ladoumègue national est interdit de Jeux pour avoir accepté quelques primes dérisoires lors de réunions d'avant-saison. Les exemples abondent, de Jim Thorpe (décathlon) à Stockholm, en 1912, au cycliste Martin Rodriguez, à Tokyo, en 1964.

L'affaire est entendue depuis les JO de Barcelone en 1992 : bienvenue aux professionnels. À l'exception de la boxe, encore réservée aux amateurs.

Que les Français se rassurent : Killian Mbappé est là, avec toute l'équipe menée par Didier Deschamps, et la ferme volonté de venger contre les Argentins l'affront du dernier Mondial au Qatar. « C'est le match de la revanche, de l'honneur et de la dignité », affirme déjà le président Le Graet.

Il n'y a pas de surprise également en basket-ball. Les multimilliardaires américains, 2,22 mètres en moyenne au garrot, sont arrivés en jets privés, il y a trois jours et ont réquisitionné la totalité de l'hôtel Lutétia. Ils iront à Lille, pour les épreuves éliminatoires, en hélicoptères de combat affrétés par la Marine américaine, puis reviendront bien vite à l'Arena Bercy pour la finale. Ils ne s'attarderont pas à Paris : « *Time is money* », comme on dit là-bas.

La puissante « National Golf Association » a réservé le Majestic Hôtel, proche du Golf national de Saint-Cloud, où se déroulent les épreuves. Le golf est une discipline pauvre, un des derniers refuges de l'amateurisme. Les athlètes arrivent de Malibu ou de Miami avec leur petite équipe : garde du corps, agent sportif, avocat (pour les contrats de publicité), maître d'hôtel, masseur et porteur de valises.

Pendant ce temps « Radio Dalgo » diffuse en boucle ses messages sur « l'inclusion par le sport de toux ceux que notre société gangrenée par l'argent a laissés au bord de la route ». L'Hymne olympique tourne en boucle, entêtant, comme le chant des grillons dans la pinède provençale, à l'heure du pastis : « Ce sont les jeux de l'inclusion. Passion de l'inclusion, jusqu'à la conclusion ! ».

L'incontournable *shadow-committee* est désormais réuni en session permanente.

– Mais, enfin, papa, tu as l'esprit misérabiliste ! Ce débat sur l'amateurisme, c'est de l'histoire ancienne.

La flèche vient tout droit de ma fille Arlet, et me fend le cœur.

– J'avoue que je ne comprends pas (il faut bien que je comprenne, tout de même !) ce mélange sur le même plateau d'amateurs et de professionnels : en tennis, en cyclisme, en football ou en basket-ball.

Albert, plus intelligent que la moyenne, c'est pourquoi il a travaillé à Bercy, a tout compris :

– Enfin Pierre, il faut sortir de ton trou. L'explication, c'est l'audience des chaînes, l'impact et le tarif des annonces publicitaires diffusées par les partenaires du Cojo. Une finale entre les équipes de basket de Montargis et d'Arpajon n'aurait pas le même impact que le défilé des milliardaires américains. Voilà du bon divertissement pour le peuple dans sa passoire thermique. Idem pour la finale de football, même s'il ne s'agit que de millionnaires français.

Ces Jeux, derrière le baratin de circonstance et les sourires en marshmallows d'Annie Dalgo, c'est du business.

Louis, affiche une tristesse appuyée :

– Ma hiérarchie a du mal à raconter à mes mandants, les flics de la base, qu'ils vont se faire taper sur la margoulette par des voyous déchaînés, dans le but d'enrichir des footballeurs français ou des golfeurs américains. Et l'entreprise-sponsor-partenaire qui vous nourrit mieux, vous transporte mieux et vous loge mieux.

Le *shadow-committee* n'a pas les moyens de se disperser et d'occuper le terrain dans toutes les disciplines et sur tous les sites.

Le sort nous est favorable. Ma fille Arlet est sélectionnée pour l'épreuve d'athlétisme et Hamid Feraoun pour la compétition de judo. On évitera des déplacements en province, même si, pour moi, le rêve des vahinés lointaines tourne court.

Chérif arrive avec le calendrier des compétitions :

– Regarde, Pierre, nos enfants pourront s'encourager mutuellement, leur calendrier ne se chevauche pas. Hamid termine le 3 août au Champ de Mars à et Arlet le 9 au Stade de France.

– C'est parfait. J'ai l'impression qu'il n'y a que le calendrier qui ne se chevauche pas.

Chérif sourit de bonheur.

– La sélection pour les Jeux a été une épreuve redoutable qui a mûri nos enfants.

– Oui, ami Chérif, elle a mûri tout le monde !

Les affaires sérieuses commencent aujourd'hui samedi 27 juillet.

Le secrétaire général de l'Élysée se présente devant Emmanuel Patron avec le programme olympique de la journée :

– Aujourd'hui, Monsieur le Président, vous aurez le choix entre des épreuves, par ordre alphabétique, d'aviron, badminton, basket-ball, boxe, canoë slalom, cyclisme contre la montre, escrime, football, gymnastique artistique, handball, hockey, judo, natation, skate-board, concours complet de cheval, tennis, tennis de table, tir, volley-ball et water-polo.

En aparté, le Président regarde pensivement la pointe de ses chaussures :

– Putain de merde ! puis se reprend, d'un ton assuré, vaste programme, aurait dit le général de Gaulle. Et le jeu de fléchettes ?

– Cette discipline n'a pas été retenue pour les jeux de 2024. Le Stade de France, n'est pas assez grand pour permettre à tous les athlètes d'évoluer en toute sécurité.

– C'est vrai, les fléchettes, ça craint. Je ne veux pas finir comme saint Sébastien, percé de fléchettes. Vous n'avez rien oublié ?

– Si, justement, Monsieur le Président, le beach-volley.

– Soit, je me rendrai donc avec Madame la Première ministre à l'épreuve de beach-volley. Ça lui rappellera sa jeunesse insouciante sur la plage de Malo les Bains. À quel endroit et à quelle heure, s'il vous plaît ?

– Au stade de la tour Eiffel, à 14 heures, si tant est que l'on puisse se fier au programme diffusé par le Cojo.

– Du beach-volley à la tour Eiffel ? La Solideo n'a tout de même pas rasé la tour Eiffel pour installer un filet de volley ?

– Je vais faire vérifier, Monsieur le Président.

Pendant que le pouvoir tient bon la barre à Paris, la fièvre monte au nord du périphérique.

À 15 heures, l'épreuve de boxe féminine, 16e de finale, débute à l'Aréna Paris Nord de Villepinte. Les associations féministes ont prévenu depuis des mois le cabinet de l'Hôtel de Ville : « Nous n'accepterons jamais que la femme soit ainsi ravalée au rang de la bête. On a interdit les combats de coqs et voilà maintenant des combats de femmes. La boxe féminine est un spectacle dégradant, un crime contre notre dignité de femme, de mère et de fille. L'olympisme valide le comportement de ces sales machos qui démolissent leurs épouses à coups de poing. »

Annie Dalgo a répondu avec le sourire béat de celle qui en a entendu d'autres et qui ne se laisse pas impressionner par les aboiements de trois hystériques.

La presse féminine, hommage lui soit rendu, relaye les appels à manifester des mouvements féministes. Dès 14 heures, une vingtaine de « femens » occupe les entrées du Parc de Villepinte. Elles sont originaires des pays de l'Est, si l'on en croit le ministre de l'Intérieur, qui n'ose pas, allez savoir pourquoi, parler d'Ukrainiennes.

Des centaines, puis des milliers de femmes de tous âges, de toutes conditions, de tous sexes aussi, commencent à affluer. Il n'y a pas que des femmes, malheureusement. Des jeunes gens du quartier, l'air égrillard et le regard lubrique, jouent des coudes pour participer à cette lutte pour la libération de la femme. La compétition de boxe a du plomb dans l'aile. Les rares spectateurs potentiels s'éclipsent devant la menace.

La journaliste du *Francilien*, le quotidien régional, témoigne pour l'éternité : « Des groupes de femmes déterminées avancent vers la salle de l'Aréna, en scandant, dans un français approximatif : "Tricot, marmots, Dalgo, no, no, no !” D’autres, plus explicites encore : “Les machos, aux poteaux !” Solène Loyal, ministre des Pôles dans le gouvernement Hollande, dépêchée par l’Élysée pour tenter d’apaiser les esprits, est accueillie aux cris de « On n’est pas des pingouines, ni des manchotes ! » Une petite banderole en carton affiche sobrement « Manu, on t’a pas vu ! » Et la journaliste du *Francilien* de conclure, optimiste : « La situation est grave, mais pas désespérée. »

L’avenue des nations à Villepinte, puis l’A1 et la Francilienne sont coupées depuis le milieu de l’après-midi. Il y a encore des manifestantes sur le site en milieu de nuit.

De retour parmi nous, dans le monde des humains, Louis est encore sous le choc.

– Je commandais une brigade d’intervention légère. On ne pouvait pas les passer au lance-flammes, tout de même, ni les embarquer toutes, nul ne sait où. Notre ministre a cessé de twitter. Il n’y aura pas de communiqué officiel pour ne pas attiser l’incendie. Pour la première fois, la Police nationale a reculé devant des femmes.

Je pense malgré moi, que l’on me pardonne, à cette chanson de Georges Brassens, *Au marché de Brive-la-Gaillarde*.

« Ces furies perdant toute mesure
Se ruèrent sur les guignols
Et donnèrent, je vous l’assure,
Un spectacle bien croquignol. »

Marcorel, sensible à toute détresse, complète le propos :

– Si je comprends bien, les forces de sécurité l’ont échappé belle. C’est de mauvais augure pour la suite du programme.

Tout le monde s’en moque. Sauf Chérif :

– Mais l’épreuve de boxe féminine, alors ?

– Ne t'inquiète pas, le Cojo tirera le résultat au sort. Ils trouveront bien une casquette siglée, un crayon et deux «post-it».

La canicule

Le programme des forçats de l'olympisme est tout aussi chargé aujourd'hui dimanche 28 juillet.

Réunion matinale à l'Élysée sur l'agenda du jour.

– Quel est donc le programme, Monsieur le Secrétaire général ?

– Les épreuves d'hier se poursuivent, Monsieur le Président, à l'exception de la boxe à Villepinte. La compétition a été suspendue en raison d'un chahut intempestif.

– Et bien innocent, je suppose, n'est-ce pas ?

– Les nouveautés du jour en région parisienne c'est le tir à l'arc aux Invalides et le VTT à Élancourt.

– Oublions le tir à l'arc ; je ne veux pas recevoir une flèche perdue. Allons plutôt à Élancourt. Faites signe à Annie ; une petite sortie à la campagne l'éloignera des miasmes parisiens et lui fera du bien.

– Monsieur le Président, le tunnel de Saint-Cloud est fermé à la circulation depuis deux jours…

– Faites venir un hélicoptère militaire. Les enragées de Villepinte ne nous empêcheront tout de même pas de décoller.

Il fait chaud sur l'Île-de-France depuis une semaine. Les médias parlent pudiquement d'épisode caniculaire. Pour Météo France, les critères sont réunis : 31° le jour et 21° la nuit, pendant trois jours consécutifs. On en connaît la raison : l'évapotranspiration ne fonctionne pas ici. Faute de végétaux pour évacuer la chaleur, les bâtiments, les chaussées de goudron stockent cette chaleur. En ces jours de juillet 2024, la température dépasse fréquemment 38°.

À Paris, la municipalité a ouvert toutes les vannes : bassins, fontaines, pour que les Parisiens s'humectent à discrétion. C'est désormais une habitude et qu'importe la facture. Quelques farfelus barbotent dans la Seine.

Dans les trois départements de la première couronne, les élus locaux de terrain, proches de la population et par nature inquiets de tout ce qui bouge, ont fait remonter l'information aux préfets : « Nos concitoyens et en particulier les jeunes exigent de plus en plus bruyamment l'ouverture des bouches d'incendie. »

Le général commandant les pompiers est droit dans ses bottes, avec le soutien du ministère de la Défense, son administration de tutelle : « La situation actuelle nous fait courir deux risques, celui d'incendies, nombreux et importants et celui de pénurie d'eau. Ouvrir les bouches d'incendie serait dans les circonstances actuelles une décision irresponsable. »

Le « street pooling », comme on dit à New York, est devenu un jeu ces dernières années pour des jeunes en mal de distractions, au même titre que l'incendie de voitures qui n'ont rien fait de mal, la nuit de la Saint-Sylvestre.

Il apparaît nécessaire au général d'étayer son propos devant la presse : « Ces ouvertures inopinées et illégales menacent tout bonnement l'approvisionnement en eau potable de l'ensemble de la population parisienne. Elles présentent un risque physique, un enfant de huit ans a été projeté récemment à plusieurs mètres. Enfin, une pression trop forte et non maîtrisée de l'eau peut entraîner une dégradation des trottoirs et des chaussées. » La déclaration du général est interprétée comme une agression fascisante, une menace pour les libertés individuelles. Le coup de tonnerre retentit en quelques minutes sur toute la première couronne. Des hordes incontrôlées se ruent sur les bouches à incendie, armées de pioches et de barres à mine et font exploser les vannes. Les pompiers présents sur les lieux, comme les passants, se retirent prudemment alors que les premiers manches de pioche défoncent les pare-brise des engins de secours. Les policiers disponibles prennent position aux carrefours, impuissants à retenir le flux qui transforme la chaussée en lac et en rivière.

Le préfet de police attend les consignes du ministre de l'Intérieur. Le commandant de la gendarmerie mobile attend les consignes du ministre de la Défense. Nous sommes un beau dimanche de juillet, le 28 juillet précisément, en Île-de-France, en 2024. Il est midi.

À la Lanterne, à Versailles, après un survol rapide du site d'Élancourt, le Président a convié pour un barbecue convivial et informel Annie Dalgo, Rony Autaquet et ses deux ministres en charge de la sécurité, l'Intérieur et la Défense. Emmanuel Patron fait face à la situation : « Tout va pour le mieux en ce début des Jeux. Je vous ai dégoté ce petit rosé de Provence. Avec les saucisses grillées, vous m'en direz des nouvelles. »

Aux Invalides, les épreuves de tir à l'arc sont suspendues. Les Suisses, qui trustent dans cette discipline, les médailles d'or depuis Guillaume Tell, reprennent, bredouilles, la route de Genève. Le journal du coin, La Gazette du Lac, titrera demain : « Les athlètes suisses ont sauvé l'honneur de la Confédération ». À Élancourt, les épreuves de VTT n'ont pas commencé : seuls les vélos sont sur place, arrivés il y a une semaine ; ils attendent les champions et les spectateurs, bloqués quelque part dans les forêts des Yvelines.

Rony pourra ressortir la casquette, le crayon et les « post-it » pour une nouvelle séance de tirage au sort.

Le téléphone sonne à La Lanterne, au moment du cognac.

– Monsieur le Président, je vous passe Madame la ministre des Sports

– Monsieur le Président, je reçois à l'instant un message du Village olympique. Les athlètes réclament des climatiseurs et sont en train de tout casser. Heureusement que nous n'avons pas installé les bidets, ils les balanceraient par les fenêtres.

Le Président, songeur :

– Oui, je me souviens, il y a quelques mois, la climatisation, les bidets, les lits des basketteurs américains… Voyez ce vous pouvez faire, mais pas de communiqué à la presse, s'il vous plaît.

À Marseille, les épreuves de voile qui débutent également aujourd'hui sont un succès. À la Marina du Roucas-Blanc, la « Marina des fadas », comme on l'appelle déjà.

À Paris, mes camarades du fringant *shadow-committee* ne sont pas d'humeur à commenter. Encore moins à plaisanter. Il fait trop chaud ; à moins que cela tienne à l'ambiance générale.

Albert nous livre son explication définitive : « À l'origine, les Jeux Olympiques de Paris sont un évènement sportif planétaire, vite devenu démesuré et pharaonique. Puis est apparu le défi de l'aménagement du territoire, certes tout à fait légitime, centré sur la Seine-Saint-Denis.

Ce département absorbe l'essentiel des dépenses d'investissement de la Solideo. Pour aboutir aujourd'hui à l'impasse sécuritaire et aux milliards engloutis. »

Il reste à Marcorel un zeste d'inspiration. Il me glisse son carnet, avec un quatrain :

Il n'y a rien de plus beau au monde
Dans notre cité immonde
Pour les jeunes à la ronde
Que cette eau qui nous inonde.

La rime est riche. Le nombre de pieds n'y est pas tout à fait. Mais l'élan poétique est là, qui me submerge.

Le chaos

LE LUNDI 29 ET LE MARDI 30 JUILLET, les compétitions olympiques se poursuivent sans nouveaux débordements significatifs. Quelques « enragées », selon le vocable officiel, occupent toujours le pavé de Villepinte, avec bonne humeur et de façon festive. Les jeunes protègent les bouches d'incendie durement conquises à l'ennemi, comme s'il s'agissait de vénérables prises de guerre.

Le barbecue est devenu un peu partout l'emblème et la mascotte de l'évènement planétaire. On barbecute dans les stades et place de la République. On barbecute sur les balcons et dans les cages d'escalier. Le best-seller paru aux Éditions Giffle, *La Cuisine au barbecue à la portée de tous*, rencontre un succès sans précédent.

Les Jeux, qui n'intéressent plus beaucoup de monde, vont cahin-caha, avec peu de spectateurs et encore moins d'athlètes en piste. Quand il fait 38° sous abri au Camping de la Dune, les sportifs suant et haletant inspirent plus de commisération que d'admiration. Les médias font comme s'ils étaient passés à autre chose : la propreté de la plage à Carnon et la température de l'eau de mer à Arcachon, en s'excusant presque pour le dérangement olympique. Les JO ont, à la une des journaux, des concurrents sévères : le béluga désorienté qui remonte la Seine et qui a été repéré à Rouen. Rony Autaquet ne peut pas lutter contre le béluga. Quand le béluga regagne le large, un autre évènement mammiféro-marin prend le relais : une baleine à bosse a franchi l'écluse de l'usine marémotrice et s'égaye joyeusement dans la Rance. Et puis, la rentrée des classes s'annonce difficile pour le budget des ménages, avec l'augmentation du prix des fournitures scolaires.

Jeanne a tendance à voir les choses en noir : « Faudrait pas maintenant qu'une sardine bouche le Vieux-Port de Marseille ! Il ne manquerait plus que ça ! ».

Les organisateurs du Cojo et les politiques chevronnés, Annie Dalgo en tête, ont mis un terme aux envolées lyriques : plus de paix universelle à l'horizon ni d'humanité sauvée par le sport.

De nouvelles disciplines sont entrées dans la danse en ce début de semaine ; la routine en quelque sorte : le basket 3 X 3, et le cyclisme BMX, toutes deux à la Concorde mais – rassurez-vous si vous voulez assister aux épreuves – pas à la même heure. Sans oublier le dressage de chevaux au Château de Versailles et le triathlon qui se déroule au pont Alexandre III, allez savoir pourquoi. Rien de bien croustillant pour le public et les téléspectateurs, même en multipliant les campagnes d'intoxication sur les ondes. Chacun sent bien confusément que notre salut collectif ne viendra pas du cyclisme BMX ni du dressage des chevaux.

Chérif, mon ami le plus optimiste, surtout lorsqu'il s'agit de l'avenir de nos enfants, me confie ce mardi soir : « Les Jeux de Paris vont finir en sucette… », et de rajouter sans trop y croire : « Je vais pouvoir enfin reprendre mon métier de taxi, quand les axes routiers seront dégagés. »

Le mercredi 31 juillet, en lieu et place du Conseil des ministres habituels, le Président réunit un conseil restreint de défense, en format de conseil de guerre. Après le Conseil, sur le perron de l'Élysée, un expert en communication de crise met en scène les prises de parole successives du Président et des ministres engagés sur le front des Jeux, chacun défilant à son tour devant les caméras :

– L'image internationale de la France sort gravement affectée de la semaine pitoyable que nous venons de vivre.

– J'en appelle à l'esprit de responsabilité de chacun, en particulier des grévistes et des bloqueurs.

– Les délinquants de tous poils n'ont pas de place dans notre société policée.

– Nul ne peut retirer aux Français leur droit sacré de vibrer avec les athlètes.

– Aujourd'hui, personne ne peut assurer que les Jeux iront jusqu'à leur terme, le 11 août. Une suspension des Jeux constituerait un grave préjudice pour l'avenir de notre jeunesse si méritante.

Fermez le ban.

La presse en ligne dénonce aussitôt un pouvoir autiste, bavard et impuissant.

Dans les rangs des politiques, Jean-Luc Metleson et Marine Lapin ne se quittent plus, ce qui commence à faire jaser. Ils appellent les Parisiens encore présents chez eux – ils sont de moins en moins nombreux – à manifester massivement contre la réforme des retraites, la casse du droit du travail, pour les embauches et pour le pouvoir d'achat. Le rendez-vous est fixé : une grande marche des opprimés battra le pavé, le samedi 3 août, de Denfert Rochereau à la République.

La vie au Village olympique s'organise autour des barbecues. Les athlètes qui n'ont pas pu quitter Paris y mènent joyeuse vie au son endiablé des djembés et des balafons.

Dans le bureau de Rony Autaquet, la casquette miraculeuse des tirages au sort fonctionne à plein régime. Un petit plaisantin a glissé un « post-it » au nom d'Annie Dalgo, et c'est elle qui a gagné la médaille d'or du saut d'obstacles.

La réponse de la périphérie urbaine ne se fait pas attendre. Un nombre indéterminé de « blacks blocs », sacs à dos sur l'épaule, s'infiltre dans Paris. Les autoroutes étant fermées, ils approchent, venus du Nord, de l'Est et du Sud, par les artères secondaires de Saint-Ouen, de Montrouge et de Montreuil. Ils pénètrent dans Paris par les portes oubliées des forces de l'ordre et désertes en ce jour de fin juillet et de canicule. Une seule destination, la place de la République ; un seul but, la convergence des luttes libératrices. Les premières banderoles sortent des sacs à dos : « Kurdes, Afghans, migrants, même combat ! », et aussi « La Révolution n'est pas une partie de badminton ! ». Qu'on se le dise. Une fois la jauge de la République pleine, les CRS bouclent toutes les artères qui mènent à la place ; c'est la première ceinture.

Les pompiers de Paris bouclent la deuxième ceinture : il n'y a plus de voiture depuis quelques jours à un kilomètre à la ronde, mais il faudra peut-être éteindre quelques incendies de poubelles ou évacuer quelques victimes de malaises.

Les militaires, mousquetons sur l'épaule, forment la troisième ceinture. Ils sont arrivés avec leurs véhicules blindés multirôles, les célèbres VBMR. Les engins lourds, de type Leclerc, manœuvrent du côté du Dniepr ou du Danube, un peu plus à l'Est, en Ukraine.

Arlet et Lifa ont rejoint un groupe de militants associatifs, à l'angle du boulevard de Magenta.

– Monsieur l'Agent, laissez-nous passer. Il y a sur la place des femmes enceintes, des enfants, des bébés. Nous leur apportons des sandwichs et des bouteilles d'eau. Un peu de lait aussi. On ne va pas les laisser mourir, au cœur de Paris, en 2024.

– Soyez prudentes, Mesdemoiselles. Il y a aussi sur la place des costauds armés de battes de base-ball et de boîtes d'allumettes. On ne veut pas venir vous ramasser dans deux heures à la petite cuillère.

Le grand leader de la France Insoumise, appelle les forces de l'ordre au discernement, à la retenue, à la responsabilité. Il les invite à engager le dialogue avec les manifestants. Ainsi émergera de ces Jeux, une France plus juste et plus fraternelle.

Le cardinal, le grand rabbin ou le recteur, représentants des grandes religions du Livre, sont désespérément muets. À vrai dire, aucun d'eux n'a laissé un nom dans les annales sportives. Ils n'ont pas été formés pour affronter ce genre de situation. Ils ne peuvent qu'inviter à la prière, au dialogue et au respect des différences.

Marcorel reçoit par porteur une convocation du cabinet de l'Élysée. Un rickshaw battant pavillon tricolore l'attend devant son appartement pour le conduire au « Château ». Un garde républicain en uniforme de parade est préposé au pédalier. Marcorel est accueilli au 55 rue du faubourg Saint-Honoré par le sous-chef adjoint de cabinet en personne :

– Bonjour, Monsieur le philosophe et merci d'avoir accepté notre invitation. Vous voudrez bien pardonner le choix de la « limousine » qui vous a conduit ici (sourire en coin) ; ce sont les circonstances.

– Je vous en prie.

– Vous avez publié une thèse de doctorat, *La France et le chaos*, qui a retenu l'attention de nos meilleurs intellectuels. Le Président vous demande de bien vouloir donner une conférence sur le thème du chaos, devant quelques personnalités, ici même, afin de nous éclairer sur la situation actuelle et sur les moyens pour en sortir.

– Bien volontiers, Monsieur le chef du cabinet, à quelle date ?

– Ce soir, à 22 heures.

La conférence de ce soir à 22 heures est reportée à des jours meilleurs.

Marcorel ne dissertera pas sur le chaos, ce phénomène imprédictible qui nous fait peur et nous fascine à la fois. Il aurait parlé de la mythologie grecque, quand Zeus, Jupiter chez les Romains, vient à bout des Géants (Jean-Luc Metleson, Marine Lapin, chez nous) et des Titans (les chefs syndicalistes, chez nous) pour faire reculer le chaos et ramener l'équilibre, l'harmonie et l'ordre. Car, aurait-il expliqué, c'est dans la mythologie grecque que notre civilisation puise ses origines et ses plus belles créations : les institutions de la Ve République et les Jeux Olympiques. Si Marcorel ne se rend pas ce soir à l'Élysée, ce n'est pas à cause du rickshaw qui serait tombé en panne ou du garde républicain pédaleur victime d'une entorse, mais parce que la situation, place de la République, s'envenime.

Nul ne peut dire dans quelle communauté le feu a éclaté, ni quel a été l'engin incendiaire, ni qui a été le boutefeu. Dès les premiers nuages de fumée, la première tente bleue en flammes, les occupants essaient de se dégager vers la chaussée entourant la place, arrêtés par les black-blocks qui ne veulent pas laisser filer leurs otages. Sous la pression, les migrants finissent par se faufiler entre les battes de base-ball. Pour se retrouver face à la première ceinture des policiers. En face les pompiers de la deuxième ceinture, animés seulement par leur fière devise « Sauver ou périr ! », avancent vers la place, armés de lances à incendie, au secours des migrants. Ils doivent pour cela franchir la première ceinture, celle des policiers. Les policiers se trouvent ainsi coincés entre les migrants, qui avancent vers eux, par-devant, et les pompiers, qui avancent vers eux, par-derrière. Les blessés ramassés sur le carreau, une cinquantaine, sont victimes de la confusion, de la peur, et des mouvements de panique, plus que de la violence des uns ou des autres. Une centaine de personnes interpellées sont conduites à la fourrière de Daumesnil, vidée depuis plusieurs jours de ses véhicules.

Arlet et Lifa regagnent l'appartement, sans trop de bosses, avant minuit.

« Le chaos, conclut Marcorel en me regardant longuement, ce n'est pas seulement un ensemble de lois mathématiques ou physiques, plus ou moins déterministes. C'est aussi des gens qui reçoivent des coups et certains ne s'en relèveront pas. »

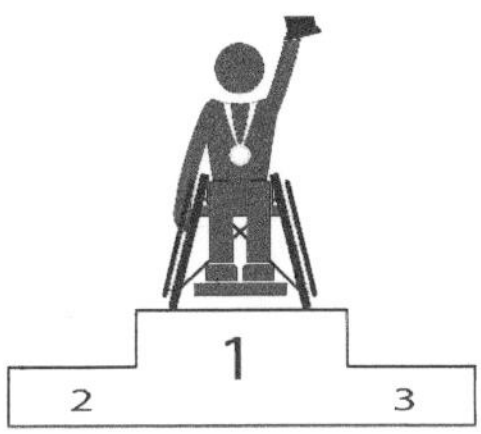

La cyberattaque

JEUDI 1er AOÛT, 7 HEURES DU MATIN. Le Président convoque à l'Élysée le groupe qu'on appelle à présent les « Fab Four », allusion aux « quatre garçons dans le vent » de Liverpool : les deux ministres, de l'Intérieur et de la Défense, la maire de Paris et le président du Cojo.

– Monsieur le ministre de la Défense, mon cher Sébastien, nous vous écoutons.

– Il me remonte du renseignement militaire qu'une offensive de grande ampleur a ciblé notre pays et nos Jeux. Il ne s'agit plus, à l'heure où je vous parle, d'une menace virtuelle ou hypothétique, mais d'une attaque avérée en provenance de l'Europe de l'Est.

Annie et Rony, qui n'ont pas dormi de la nuit, se regardent comme deux ronds de flan.

Le ministre de l'Intérieur, d'un tempérament bouillonnant, s'impatiente :

– Soyez plus précis, cher ami, nous avons besoin d'éléments concrets.

– Je parle, vous l'avez compris d'une cyberattaque.

– Mais encore ? interroge le Président.

– Souvenez-vous, une cyberattaque a frappé l'Office national des anciens combattants, il y a quelques mois. Nos ennemis testaient alors notre résistance en grandeur réelle.

– Et aujourd'hui ? piaffe l'Intérieur.

– Nos informations sont puisées aux meilleures sources et elles ont été confirmées cette nuit par nos amis américains.

– Soit, mais encore ? rumine le Président.

– L'attaque s'est déroulée en trois temps : hameçonnage d'un million d'adresses mail, domiciliées en région parisienne, puis, diffusion au même nombre, un million, de cartes d'invitation frauduleuses aux épreuves des Jeux.

Le ministre de l'Intérieur s'intercale :

– Bon. Nous avons déjà connu ça le 28 mai 2022, pour la finale de la Ligue des Champions au Stade de France, et nous avons survécu.

– Oui, mais aujourd'hui, il y a un point trois : invitation gratuite, pour une valeur de 20 euros, à consommer un repas dans tous les fast-foods et tous les food-trucks de l'Île-de-France.

Annie Dalgo sort péniblement de sa létargie :

– Avec un argument pareil, tous les nécessiteux vont se ruer sur les hamburgers ; il n'y a rien de pire pour développer diabète et obésité. C'est une catastrophe pour le budget de la Sécurité Sociale.

Rony Autaquet comprend à son tour l'ampleur du problème et intervient :

– Si vos commensaux, Monsieur le ministre, veulent assister à une compétition de football à Saint-Étienne ou à l'épreuve de surf à Tahiti, nous pouvons gérer l'affaire. Les stades seront pleins ; ce sera excellent pour la publicité de nos partenaires. Rassurez-moi sur un point, Monsieur le ministre, vos cyber-criminels n'ont pas distribué de bons d'achat gratuits pour les Phryges ou pour les briquets Hic ?

Le Président se tient le menton de la main gauche :

– Poursuivez, poursuivez, Sébastien, vous n'êtes pas au bout de vos bonnes nouvelles ?

– Non, Monsieur le Président, et j'en suis désolé pour Rony Autaquet : cette offre généreuse est limitée dans le temps et dans l'espace. Ce sera en fin de semaine, le week-end des 3 et 4 août, et uniquement pour les sites parisiens. Mon cabinet a établi la liste, souffrez que je vous la montre.

En aparté, en regardant le tapis, le Président lâche un juron :

– Putain de merde... Ils finiront par avoir ma peau, avant de se ressaisir :

– Marie, voulez-vous nous photocopier la liste du ministre de la Défense. En attendant tout le monde prendra bien un café corsé ?

Le ministre de l'Intérieur, qui tient à se démarquer du lot, on ne sait jamais :

– Si la chose est possible, Monsieur le Président, je prendrais bien un chocolat chaud avec deux croissants.

– Rassurez-vous, mes amis, Marie ne vous demandera pas un de ces bons d'achat gratuit que distribuent généreusement nos cyber-ennemis.

– Ah, voilà la fameuse liste des sites gratuits.

– Mesdames et messieurs, reprend le ministre, le chef d'état-major de l'armée de Terre a procédé à des simulations :

- les habitants du nord de Paris devraient plutôt faire le choix du Stade de France et de l'athlétisme, d'Aréna porte de La Chapelle pour le badminton, ou d'Aréna Paris Nord avec la boxe ; compte tenu des caractéristiques sociologiques de cette population, on peut penser qu'ils se rendront en masse à l'Aréna Paris Nord, à Villepinte, pour la boxe.

- les habitants du sud parisien se rendront plus vraisemblablement à Aréna Paris sud, attirés par le handball ou le volley.

Les cafés n'ont pas encore été servis et le Président s'impatiente.

– Et les autres, Monsieur le ministre ?

– Les autres, Monsieur le Président, arriveront de l'Est ou de l'Ouest, depuis Bercy ou Boulogne, a priori par la Seine.

– Il doit bien encore rester quelques gondoles ici ou là, n'est-ce pas Annie ? Et pour ces braves gens, quel sera le programme ?

– Escrime au Grand Palais, judo au Champ de Mars, tir à l'arc aux Invalides…

– Oubliez le tir à l'arc, grimace le Président,

– Beach-volley à la tour Eiffel et enfin cyclisme sur route pour la course en ligne au Pont d'Iéna.

– La course en ligne de cyclisme sur route au Pont d'Iéna ? Vous n'avez pas osé, Rony ?

– Notre logiciel de planning en a décidé ainsi, Monsieur le Président. Pour les hommes, ce sera à 11 heures et pour les femmes à 14 heures.

– Vous n'avez pas trouvé un site de compétitions aux Galapagos ? Ce serait plus… rock and roll ! interroge l'homme qui a en charge notre destin national et qui hésite en ce moment sur le rictus à adopter, avant de conclure :

« Merci, Madame et Messieurs, nous sommes au moins tranquilles pour deux jours, les billets frauduleux ne sont valables que pendant le week-end ».

La vibration du téléphone, dans le survêtement de Tony Autaquet, est à peine perceptible par l'intéressé. Il consulte furtivement le SMS alors que tout le monde termine les croissants :

– Monsieur le Président, Madame et Messieurs, je reçois à l'instant une information de mon cabinet. Le système d'information du Cojo a été craqué cette nuit. Les données concernant les athlètes et le programme des compétitions ont disparu. Nous ne pouvons plus organiser la moindre rencontre.

La voix du Président émerge au-dessus d'un silence sépulcral.

– Tout porte à croire que ce sont les mêmes zigotos qui ont distribué les billets gratuits. Sébastien, veillez à mettre à la disposition du Cojo les moyens informatiques de votre ministère. Madame et Messieurs, je vous souhaite une bonne journée.

Paris, ville ouverte

IL FAIT 31° À 8 HEURES. La météo annonce pour ce vendredi 2 août un record de chaleur.

Les bienheureux destinataires des invitations gratuites se rangent en trois catégories : ceux, quelques centaines de milliers, qui n'ont pas vu ou pas lu que l'invitation était limitée dans le temps, au seul week-end des 3 et 4 août. À leur décharge, il faut dire, que cette mention est écrite en caractères minuscules ; ceux, quelques centaines de milliers également, qui considèrent que la limitation de l'invitation au seul week-end a un caractère liberticide, contraire au droit sacré de chacun d'aller et venir à sa guise, quand il veut et là où il veut. Cette limitation est d'inspiration fasciste et il convient de la combattre avec toute la force de conviction de nos battes de base-ball.

Les autorités olympiques redoutent le troisième groupe : ceux qui auront acheté sous le manteau, contre espèces sonnantes et trébuchantes, des billets frauduleux, à des prix parfois élevés. Il s'agit, avec cette catégorie, des véritables victimes de la fraude, les deux premières catégories n'ayant rien déboursé. Les spectateurs les plus virulents seront dans ce troisième groupe.

La jonction des trois groupes s'opère spontanément. La foule, venue d'on ne sait où et on ne sait comment, commence à affluer en fin de matinée, pour assister aux quarts de finale de boxe hommes, entre les heureux bénéficiaires des tirages au sort du Cojo. Les dernières « enragées » hostiles à la boxe féminine, qui occupaient le pavé de Villepinte depuis le 27 juillet, sont allées porter le combat féministe en d'autres lieux. La salle, dont la construction est à peine terminée, a une capacité de 9 000 personnes. Ils sont entre 100 000 et 200 000 à la porte, tous déboutés de leur droit au divertissement.

L'*Homo sportibus* ne se nourrit pas seulement de rendez-vous ratés. Les quatre food-trucks opérationnels ne peuvent pas répondre à la demande. Une bouteille d'huile piquante, judicieusement renversée sur la plaque chauffante, règle définitivement le problème de pénurie : il n'y a plus de food-truck à Villepinte. Ils sont en train de brûler.

La décision arrive de la préfecture, on ne sait comment, peut-être par pigeon voyageur : il faut dégager cette foule compacte qui piétine, s'agglutine et tambourine. Un son nasillard s'échappe des haut-parleurs : « Pour des raisons techniques indépendantes de notre volonté, les compétitions prévues ce jour sont reportées. La validité de vos tickets d'entrée est conservée. »

La masse essaie difficilement de repousser la pression humaine ; elle gagne un peu d'espace, se retourne vers le sud et se met en mouvement. Une seule direction, la place de la Révolution débaptisée en 1795 et devenue place de la Concorde.

Une noria d'hélicoptères tournoie dans le ciel ; c'est *Apocalypse Now* en version Saint-Denis.

Les consignes de l'Élysée sont formelles, relayées à tous les niveaux de la hiérarchie policière : « Laissez passer, laissez entrer ! ». La priorité est au passage des pompiers : éteindre les feux, secourir les blessés.

Emmanuel Patron appelle ses deux ministres en charge de l'ordre public :

– Interpellez, interpellez si vous en avez les moyens. Mais je ne veux aucune bavure. Et aucun mort !

La masse informelle poursuit sa marche triomphale rue de la Chapelle, rue Max Dormoy, et rue du Faubourg Saint-Denis ; il y a peu de Parisiens aux balcons pour saluer les combattants de la liberté, peu d'encouragements. Je suis à la fenêtre avec Jeanne et nous regardons le flux humain se déverser. De l'autre côté de la rue, plusieurs vitrines volent en éclats. Jeanne, impavide, me glisse : « Paris ville ouverte ! ». En passant devant l'église Saint-Augustin, les manifestants enfoncent la porte, les chaises sont rassemblées au milieu de la nef et un cocktail Molotov en feu est jeté dans le tas. Place aux pompiers. Le ministre de l'Intérieur invoquera ensuite un court-circuit accidentel. Même faute, même punition en passant un peu plus loin devant l'église de La Madeleine. Même mode opératoire aussi, que les manifestants maîtrisent parfaitement. Place aux pompiers. Le court-circuit aura bon dos, ici aussi.

Le flot humain a atteint la Concorde. Il s'est étoffé d'autres groupes venus de l'Est, du Sud et de l'Ouest.

Les militaires sont regroupés sur l'esplanade des Invalides, véhicules blindés en position de combat.

L'Élysée et l'Hôtel de Ville sont sécurisés. Le syndrome trumpo-bolsonorien, ou américano-brésilien, a joué.

L'armée entoure chacun des deux sites, avec deux brigades blindées venues de la Force Scorpion. Instinctivement, les manifestement s'écartent des lieux. Les télévisions ne diffuseront donc pas ce soir d'images sur le sac des deux bâtiments emblématiques, avec d'autres, de notre démocratie. L'Assemblée nationale et le Sénat sont épargnés ; ils sont implantés sur la rive gauche et tous les ponts sur la Seine sont interdits d'accès.

Emmanuel Patron et ses proches collaborateurs sont exfiltrés par hélicoptère à Versailles. Il en est de même pour Annie Dalgo. Le premier à La Lanterne, la deuxième à la mairie où une antenne de la Ville de Paris « en exil » est créée, dans un placard, au fond d'un couloir.

Ainsi passent – et survivent – nos plus belles institutions.

À La Lanterne

La « marche des opprimés » initialement convoquée le samedi 3 août est reportée. Pas assez d'« opprimés » à Paris en ce moment, sans doute.

Arlet et Hamid se rendent, ce matin 4 août, au fond d'une impasse du 15e arrondissement de Paris. J'encourage chez nos jeunes, et Chérif fait de même, l'élan humanitaire et social qui est le leur. « Le temps fera son œuvre », me glisse Jeanne en regardant le plafond.

Perché sur une poubelle renversée, devant une dizaine de militants, Jean-Luc Metleson harangue ses troupes : « Ce n'est qu'un début, continuons le combat ! Nous sommes aujourd'hui à la fois au premier matin du monde, et au soir du grand soir… ». Il aurait pu ajouter : « Et la veille des lendemains qui chantent ».

Puis le tribun entonne à gorge déployée le chant sacré, comme un défi au tyran, réfugié précisément à La Lanterne :

« Ah ! ça ira, ça ira, ça ira !
Les aristocrates à la lanterne.
Ah ! ça ira, ça ira, ça ira !

Les aristocrates on les pendra.
Si on n' les pend pas
On les rompra
Si on n' les rompt pas
On les brûlera.
Ah ! ça ira, ça ira, ça ira »

Et le petit groupe de reprendre en chœur : « À la lanterne, à la lanterne ! », allusion directe au pavillon présidentiel versaillais.

Ils n'arriveront jamais à Versailles ; il restait encore un fût de bière à écluser au bistrot du coin.

À La Lanterne pendant ce temps, les choses s'organisent. Sur le modèle du Village olympique, le barbecue et les saucisses grillées font fureur.

Les cow-boys de Macquisait sont déjà là, dépêchés par Washington, à tout hasard. Ils campent dans leur van sur le trottoir d'en face, installent leurs antennes, vérifient le fonctionnement de la 5G, se connectent à la fibre.

Au petit-déjeuner, le Président interroge la Première ministre :

– Parlez-moi franchement, Babeth, c'est une révolte ?

– Non, sire, c'est une révolution !

Le Président se pince le menton, une pose qui lui est familière quand il réfléchit.

– Sortez-moi de ce tiroir, s'il vous plaît, l'article 16 de la Constitution, et surlignez le texte.

La Première ministre s'exécute :

– « Lorsque les institutions de la République sont menacées d'une manière grave et immédiate et que le fonctionnement régulier des pouvoirs publics constitutionnels est interrompu, le président de la République prend les mesures exigées par ces circonstances, après consultation officielle du Premier ministre, des présidents des Assemblées ainsi que du Conseil constitutionnel. »

– Bon, vous, vous êtes consultée. Voyez avec les trois autres et on passe à l'action à midi.

Depuis la révolte des retraites, dix-huit mois plus tôt, Élisabeth Corne est devenue la Nounou rassurante du régime patronien.

Soudain, le Président a un flash, le souvenir d'un film de René Clément des années soixante :

– Répondez-moi franchement, Babeth, la fumée, là-bas… Paris brûle-t-il ?

– Non, Emmanuel, c'est la fumée du barbecue, au fond du jardin. J'ai l'impression que les merguez sont en train de cramer.

Les décisions s'enchaînent ensuite rapidement. Le Président, qui a retrouvé l'énergie de ses vingt ans, fait le choix de l'union nationale, dans la lignée du général de Gaulle, en 1945.

Babeth, invitée à présenter la démission de son Gouvernement, s'exécute de bonne grâce. Elle prend le soir même la route de Malo-les-Bains pour retrouver sur la plage son passe-temps favori, le beach-volley.

Pour la remplacer, un nom s'impose de lui-même. Forte de son score à l'élection présidentielle et de son sourire avantageux, Annie Dalgo est nommée à Matignon. Une femme qui remplace une autre femme, c'est d'un très bel effet sur la ménagère de 50 ans.

Les deux ministères de la Défense et de l'Intérieur sont fusionnés, sous la houlette de Marine Lapin.

– Faites revenir quelques canons Caesar d'Ukraine et qu'on les positionne aux portes de Paris, tonne le Président.

– À vos ordres, Monsieur le Président, nous pourrons ainsi tirer sur les Communards, euh… sur les banlieusards.

– Allez-y doucement Marine, nous ne sommes plus en 1871 et je ne suis pas Adolphe Thiers. Il reste certes peu de Parisiens chez eux, mais ce n'est pas une raison pour dégrader le mobilier urbain.

Jean-Luc Metleson est nommé ministre du Travail et de la Grève générale. Personne ne sait pourquoi.

Rony Autaquet prend en charge le ministère des Sports et du mouvement olympique. Le choix de l'homme est logique et il était attendu du microcosme. Autaquet est en effet le mieux placé, par sa stature internationale, pour nous sortir du bourbier.

Sa première déclaration à la presse, devant la porte de service de La Lanterne, ne fait pas recette. Un journaliste est de permanence aujourd'hui, Bertrand Delatte, de *La Presse des Yvelines*. Il représente sa corporation et titrera demain son article : « Les JO de Paris : la fin d'un rêve ou d'un cauchemar ? » Bertrand est venu avec sa caméra GoPro. Ses images, diffusées sur Instagram, lui assureront une gloire impérissable sur les réseaux sociaux.

La déclaration du ministre ne surprend pas les observateurs :

– Pour des raisons techniques, les Jeux olympiques de Paris sont suspendus et reportés *sine die*.

En fait, ils n'ont jamais commencé, mais Rony ne l'avait pas remarqué.

La reconquête de Paris est désormais possible. Le retour du Président à l'Élysée dans une calèche empruntée à l'écurie du château de Versailles restera à jamais gravé sur les tablettes de la geste patronienne.

Arlet s'approche de moi, prête à s'effondrer en sanglots :

– Papa, notre existence est ruinée. Nous avions beaucoup espéré et tant donné. Avec ses tirages au sort, le Cojo pourrait me décerner la médaille d'or du désespoir.

– La canicule et la cyber-criminalité ont tué les Jeux. Nous devons reconstruire. Nous reconstruire aussi… Et Hamid dans tout ça ?

– Les compétitions de judo ont été reportées aux prochains championnats du Monde, qui décerneront des médailles olympiques. Justement je voulais te parler d'Hamid.

– Je t'écoute, ma fille, mais Chérif m'a téléphoné.

– Oui papa, nous allons nous installer ensemble avec Hamid.

– C'est merveilleux ; vous nous ferez de nombreux petits athlètes olympiques qui gagneront beaucoup de médailles. Et Lifa ?

– Elle démarre une tournée de concerts dans les casinos des stations balnéaires.

– Chérif me l'a dit aussi au téléphone ; et elle a engagé ton frère Edmond comme imprésario.

– Tu sais, mon papa chéri, Edmond sera plus heureux avec Lifa qu'à Sciences Po.

Table des matières

Chez le même éditeur
(extrait)

Comtesse Anne Batté. *Les Malheurs de Ginette*

Évelyne Dress. *Je veux peindre et aimer*; *Cinq Jours de la vie d'une femme*; *Mes chats*

Alfred Gilder. *Vacances de porcelaine – Saint-Cast 1967*

Agnès Gougerot. *Entrelacs. Funestes Destins*

Hervé Hamon. *Ne me libère pas, je m'en charge. L'après Mai 68*

Jean-François Hutin. *Le Complot de la Méduse*

Denis Labayle. *Correspondance Châtelet. Entends venir l'orage*

Louis Raffin. *Le Message de Proteus. Sept Jours pour renaître*; *La porte du bonheur*

Jean-Pierre Rey. *Moi Moustache, chien-soldat héros des guerres napoléoniennes*; *Itinérances*; *La Route de la Foi*

Sophie Selliez. *Un diamant dans une boîte à chaussures* ; *Du merveilleux dans l'ordinaire*

Jeanne Teisson. *Le Rejet*

Virginie Tournay. *Civilisation 0.0*

Achevé d'imprimer en avril 2023
sur les presses de la Source d'Or
58500 Clamecy
Dépôt légal : avril 2023
N° d'impression : 303531

Imprimé en France